ベリーズ文庫

だったら俺にすれば？

〜オレ様御曹司と契約結婚〜

あさぎ千夜春

STARTS
スターツ出版株式会社

目次

だったら俺にすれば？
～オレ様御曹司と契約結婚～

「俺と寝たがらない女なんて、存在するんだな」


来週から梅雨が始まると、今朝のテレビのニュースで言っていた。

(梅雨が始まる前になんとか……いや、せめて梅雨が明けて、夏が始まる前にはなんとか……)

藤白玲奈は、ピンクの唇を引き結んで、テーブルの前に座る四人の男性陣を見つめた。

今回の相手は、合コンの場のすぐそば、六本木にある企画会社の社員たちだった。年は玲奈のひとつ下の二十六歳から三十代前半まで。いかにもフレッシュマンから、業界人ぽいのまで、あれこれと揃っている。

けれど、年齢が近いとか、そんなことは、合コンの場においては話のきっかけにすらならないということを、玲奈は身をもって知っている。

今日で、今年の四月から数えて、十五回目の参加だった。

回数だけならすでに相当数こなしている。だが問題は、その経験がまったく、身についていないということだ。

（いくら口下手だからって、黙っていちゃダメだって書いてあったわ……えっと、なにか話題を……）

脳内で、合コンの前に読んだインターネットの記事を思い出す。確か趣味や、相手との共通点が見つかるような、地元ネタがいいと書いてあったはずだ。

（よし、まずこの人たちの出身地を聞いて――）

ひとつひとつ、手探りのような形でしか、玲奈は人間関係を築けない。

人からは慎重すぎると言われるが、そうではない。

一度仲よくなった人間とは、長く付き合えるタイプだと思う。人間関係は大事にするし、幼い頃からの友人知人は今でも連絡を取って、しょっちゅう会っている。

だから合コンという、短期決戦の場は、どちらかといえば向いていないと思うのだが、玲奈は切羽詰まっていた。ああだこうだと贅沢を言える立場ではない。

「そういえばさー、玲奈ちゃんは南天百貨店で働いてるんだっけ？　もしかしてあれ、受付嬢みたいなやつ？　そそるよね〜あの制服！　脱がせたいっ！」

「あ、ええっ？」

突然、玲奈に話しかけてきたのは、正面に座っているおしゃれな黒ぶち眼鏡をかけた、パーマの男だった。

自分で話題を出さねばとそのことばかり考えていたので、その瞬間、あれこれと考えていたことが、吹っ飛んでしまった。

(今、脱がせたいって、言った?)

冗談だとわかっているが、一瞬冷や汗が出る。生まれてこの方、男性と一度も付き合ったことがないので、どう返していいのか、わからない。

「あっ、い、いえ、私は後方なので、総務部で事務をしています」

「ふーん。なんだ。事務か。ちょっと地味だね」

「あっ……そうです……か?」

さらに失礼なことを言われてしまったが、テンパっている玲奈は、すぐに否定する言葉が思い浮かばなかった。

ただ、コミュニケーションを取らねばと、必死に言葉を探す。

「えっと……あの、あ、あのですね、でっ、でも、事務も大事な仕事ですからっ……」

ワンテンポ遅れてそう言ったのだが、気がつけばテーブルの話題は変わっていて、最近の流行りの音楽がどうの、夏フェスがどうのと盛り上がっていた。

(ああ、また私、ついていけてない……)

慌てて仲間に入ろうとするものの、気の利いたことなど、なにも思いつかない。

最低限の相槌を打つタイミングですら迷っていると、最終的には、自分が口を挟むと空気が悪くなってしまうのではなどと、不安になってしまう。

それからだんだん口は重くなり、しまいにはだんまりになるという、いつもの流れだ。

「ちょっとお手洗いに……」

合コンが始まって一時間が過ぎた頃、玲奈はバッグを持ったまま、逃げるように席を立っていた。

「はぁ……」

自然とため息が漏れる。

今回の女性陣は、華やかできれいな子が多かった。もはや誰も玲奈のことを見ていない。

だったらせめて、周囲の人間を楽しませるような話題を提供できたらいいのだが、趣味は料理ですと言ったところで、それから話題を膨らませる技術がない。

(自分のヘタレ具合が……情けないわ……)

合コン会場である、アジアンレストランのメインダイニングは、天井から薄いカーテンが吊り下がっていて、テーブルを分けている。フロアは広く、金曜日の夜ということもあって席はどこもいっぱいだ。

なんとなく見回すと、自分以外、誰もかれも楽しそうで、余計、つまらない顔をしてここにいる、己のふがいなさが身に染みる。

テーブルの間を通り抜け、店の外の商業施設ビル内にある、パウダールームへと向かっていた。

「はぁ……」

鏡に映った、ため息をついてばかりの自分は、ずいぶん憂鬱そうだった。

「かわいい服、着てきたんだけどなぁ……」

顔色がよく見える、ピンク色のノースリーブブラウスにカーディガンを羽織って、紺色の膝上ギリギリのフレアスカートを合わせている。いつもよりだいぶフェミニン寄りだ。

毎朝丁寧にブラッシングしている栗色の髪は、肩を覆うくらいのふんわりセミロングで、輪郭はほんのちょっぴり丸い。顔立ちがおっとりしているせいか、癒し系と言われがちだが、家族からは〝ぼんやりタヌキ〟と、辛らつな評価を受けている。

「このまま男友達ひとりできなかったら、お見合い結婚ルートなんだから……頑張らないとっ……！」

トイレでひとり、グッとこぶしを握る。

お見合い――それが玲奈が合コンを繰り返す理由だった。

過保護の両親や既婚者の姉は、生まれてこの方、彼氏どころか男友達すらいない玲奈に、『苦労しなくていい相手を見つけてあげる、だからお見合いしなさい！』と、うるさいことこの上ない。

大学を出たあたりからそんな話は出ていたが、先日二十七歳になってから、その攻撃は激しくなり、先週は、いよいよ見合い写真まで持ってきたのだ。

エリート銀行マンだとか、どこかの企業の三代目だとか、次から次に写真を並べられ、家族の本気を知った玲奈は、戦慄(せんりつ)した。

このままでは両親と姉に、見合いを押し切られてしまうのも時間の問題だ。

「嫌だって思うのは、わがままなのかな……」

そもそも平凡で、地味目の自分に、行動もせずに、素敵な恋人ができると思っていない。だからいっそ、信頼している家族が選んだ見合い相手なら、それなりに幸せになれると、割り切ったほうがいいかもしれない。

だが玲奈は――このまま将来を、自分で選ばないままでいいのかと、不安になったのだ。

過去、習いごとや進路、就職に至るまで、家族に言われるがまま、なんとなくその道を歩んできた。だからこそ、せめて自分の結婚相手くらい、自分で選びたかった。

そこで、つい売り言葉に買い言葉で、『近いうちに、将来を誓い合った恋人を、みんなに紹介するからね！』と、豪語してしまった。

これが間違いだったのだが……。

そんなこんなで、春からすでに十五回の合コンを繰り返している。結果はご覧の通り。しょっぱい結果だ。

「とりあえず戻る前に謝っておこう……うまくできなくて、ごめんね、と……」

スマホから、今回合コンに誘ってくれた、女子大時代の友人へメッセージを送ると、

【男は星の数ほどいるし気にしなくていいよ】と返ってきた。

（どういう意味だろう……すでに敗北色が強いから、気にするなって言われてるのかな）

友人の気づかいに苦笑しつつも、淡いピンク色のリップを塗り直す。

にっこり笑うと、鏡の中の自分も笑顔になった。

「美人ではないけど、愛嬌はあるわよね……うん」

友人や家族からは、玲奈の笑顔を見ると、ホッとすると言われることもある。

それに、自分だって、悲しい顔をしているよりも、いつも笑っていられる自分でいたいと思っているのだ。

「よし、最後にもう少しだけ、頑張ってみよう！　せめて誰かと連絡先を交換するぞっ！」

玲奈は、どうにか明るい気分になれたことにホッとしながら、バッグを持ってパウダールームのドアを、やる気に満ちた、清々しい気分で開けたのだが――。

パァン！

その瞬間、乾いた破裂音がして、

「ひっ……」

玲奈は足を止めて、持っていたバッグをその場に落としてしまった。

ドサッと大きな音がしたが、動けなかった。

パウダールームを出たすぐ目の前の通路で、男性が、長身の派手な美人に、平手打ちをされているという、恐ろしい場面に遭遇(そうぐう)してしまったのだ。

「さいってっってい！　あんたなんか、いつか女に刺されて死ねっ！」

上品なワンピースを着た、長身の美人は、見た目にそぐわない大声で恐ろしいことを叫ぶと、くるりと踵(きびす)を返し、カツカツとヒールの音も高らかに階段を駆け下りていった。

明らかに、男女の修羅場だ。だが問題はそれだけではない。

「えっ……嘘……」

玲奈は、女性に頬を張られてもなぜか堂々としている、長身の男を見て、ポカンと口を開けてしまった。

「南条さん……？」

「ん？」

玲奈に南条と呼ばれた男は、顔をほんの少し動かして、ドアの前に立ち尽くす玲奈を目の端に映す。

「——お前、俺の知り合い？」

頬をかすかに赤くしたその男は、長い指先で頬のあたりを撫でながら、玲奈をじっと見つめた。

切れ長で、少しつり上がった、くっきりとした二重瞼。精悍な鼻筋に、甘い雰囲気を持った唇。耳にかかるほどの黒髪は艶があり、さらさらと秀麗な額にこぼれ落ちている。百八十センチ以上の長身を三つ揃いのダークスーツに包んだ彼は、女性に頬を打たれたというのに、堂々としていて、とびっきりの美形だ。

「あ……いいえ、知り合いというか……私は、南天百貨店の本店総務部の……藤白といいます」

床に落ちたバッグを拾いながら、正直に答えると、

「ああ……うちの社員か」

南条は、納得したようにうなずいた。

彼――南条瑞樹(みずき)は、玲奈が勤める南天百貨店の営業政策室の室長である。

齢(よわい)三十にして、初の三十代役員として取締役に入ったばかりの、グループの創業者一族の御曹司なのだ。

ちなみに社内でのあだ名は、〝驚異の女ったらし〟〝南天百貨店の底なし沼〟などなど……。不名誉な呼び方をされている時点で、日頃、彼が女性に対して、どう思われているか、容易に想像はつくだろう。

(ひええ……まさか南条さんの修羅場を目にするなんて……！　女性の噂が絶えない人だと知ってたけど、この目で見るとは思わなかったわ！)

玲奈はビックリしつつ、余計なお世話かと思ったが、瑞樹に問いかけた。

「あの、頬は大丈夫ですか」

「構わん」

瑞樹はさらりとそんなことを言って、胸元からスマホを取り出し、慣れた様子で操作すると、

「タクシーを呼んだ。すぐ帰る」

と、あっさりと言い放った。

「そっ……そうですか……」

どうやら女性に頬を打たれたことも、刺されて死ねと言われたことにも、なんとも思っていないようだ。

(まさかのノーダメージなの？　私だったら、ショックで寝込みそうだけど……いったいどんなメンタルしてるのかしら。もしかしたら、こういうことに慣れてるってこと？　うわぁ……最低だわ……ぜえええったいに、関わりたくないっ！)

この傲慢（ごうまん）な御曹司に比べたら、合コン相手の失礼な男子たちは、まだまだかわいいものかもしれない。

(すぐにこの場を立ち去ろう！)

そう思い、半歩足を踏み出した玲奈だが、いらぬことに気がついてしまった。

瑞樹の頬に、くっきりとした手形が浮き上がり始めているのだ。先ほどの女性の平手打ちは、相当な威力があったらしい。

今はたまたま人目がないが、このままでは誰かに見られる恐れもある。

彼は玲奈の勤める会社の上司だ。

（さすがに放ってはおけないかも……）

迷ったのは、ほんの一瞬だった。

「あの、ちょっと待ってください！」

意を決した玲奈はくるりと踵を返し、パウダールームの中に飛び込むと、持っていたハンカチを流水で冷やし、固く絞って廊下に戻る。

南条瑞樹はそこにいた。

ただ、玲奈の行動の意味がわからないのか、怪訝（けげん）そうな表情をしている。

「これ、使ってください」

「は？」

いきなり差し出されたハンカチを見て、瑞樹はさらに眉をしかめた。

「あっ、汚くないですから。今日の合コンのために下ろしたばかりで、新品ですから使ってください。返さなくていいので。では失礼します！」

彼に労わりの気持ちを持ったわけではない。これはただの親切だ。

玲奈は早口でそう告げると、半ば無理やり瑞樹の手の中に押し付けて、レストランへと戻ろうとしたのだが――。

「待て」

後ろから腕が伸びてきて、玲奈の肩を抱く。そしてそのまま緩やかに引き寄せられて、気がつけば壁と、瑞樹の片腕の中に、閉じ込められていた。

身長差は二十センチ以上ある。だが顔が近い。瑞樹がそのハンサムで精悍な顔を近づけてくるからだ。

「なななっ、なんですかっ⁉」

今まで遠くからしか見たことがなかった御曹司の顔が至近距離に迫り、玲奈は完全に動揺していた。

「なんですかって……んー……そうだな。タクシーが来るまで俺が暇だろ？」

玲奈が渡したハンカチで左の頬を押さえ、右腕は玲奈の進路を塞ぐように壁を押さえている。

呼び止めてからの壁ドンは電光石火の素早さだったが、どうやら御曹司の暇つぶしになれと言われているらしい。

期待を裏切らない俺様ぶりだが、そんなことは玲奈の知ったことではない。

「いやいや、あの、困ります！」

「なんで？」

「なんでって……あの、私一応合コンに来ていてですね」

「目当ての男でもいるのか」

瑞樹は軽く首をかしげて、じっと玲奈を見下ろす。

その目は、『そいつは俺よりいい男なのか？』と語っている気がした。

「いや、目当てって言われたらいませんけど……だけどせめて親しい男友達のひとりでも作らないと、大変なことになるんです」

「大変とは？」

「えっと……」

「――」

無言の瑞樹にじっと見つめられ、玲奈はすくみ上がった。

（なんであれこれ聞いてくるの……っていうか、目力がすごい、怖い、怖い！）

顔が美しく整っているので、黙っているだけで怖い。同じ人類とは思えない。

蛇（へび）に睨まれた蛙（かえる）、ライオンの前のシマウマの気分だ。

「だから……親が、見合いしろってうるさくて！　大手銀行のお偉いさんの息子さんとか、うちと同じような中小企業の三代目とか、会わせようとするんですよ！」

気がつけばペラペラと、言わなくていいことまで正直に告白していた。

玲奈の家は、ビルメンテナンスを中心に事業を行っている、いわゆる中小企業だ。事業はそれなりにうまくいっており、ふたりの娘は何不自由なく育ったが、下町生まれの下町育ちで、日本屈指の名家である南条家に比べれば、いたって庶民の感覚しか持ち合わせていない。

「親が、見合いをしろと、うるさいのか」

確かめるように問う瑞樹に、

「ええ、そうなんです。だからとりあえずでも、彼氏がいるんですっ……！」

玲奈は半分投げやりになりながら、勢いよくうなずいた。

「ふぅん……」

それを聞いて、瑞樹は思案顔になったが、よくよく考えれば、こんなプライベートなこと、女ったらし御曹司にはまるで関係のない話ではないか。

（私ったら、なにペラペラつまらない話をしてるんだろう！）

「今の忘れてください！」

玲奈はプルプルと首を振って、両手で顔を覆った。

だが、頭上から「いやいや……」と、どこか楽しんでいるような、好奇心が混じった声がして。

「だったら俺にすれば？」

と、続けて、軽やかな声で、提案された。

「はい？」

すれば、とはなんなのか。いったいなにを彼にしろと言っているのだろうか。意味がわからない。

玲奈は自らの顔を覆っていた手を外して顔を上げる。

すると、吐息が触れるような距離に、相変わらず瑞樹の顔があった。

切れ長の瞳が、甘く、きらりと光る。彼がつけている香水なのか、ふわりと甘く、さわやかなフローラル系の香りが玲奈を包み込む。

こんな男を魅力的だとは思いたくないが、悔しいかな、南条瑞樹は、どこからどう見ても、外見だけは完璧だった。

だから身内以外で、こんなに異性に近づいたこともない——自分にとっては前代未聞の近距離のはずなのだが、現実離れしたその存在感のせいで、大変な状況になっているという、当事者としての実感が湧かない。

まるで映画かドラマでも見ているような、そんな気がした。

「今、なんて?」

ポカンと見上げたまま問いかけると、瑞樹はハンカチで押さえていた手をそのまま玲奈の顎先に運び、軽く、すくうように持ち上げる。

「俺にすればいいと、言ったんだ」

そして玲奈の問いは、頬を傾けた瑞樹の唇によって、封じ込まれてしまった。

(えっ、キ、キ、キ、キスッ⁉)

そう、これはキスだった。

瑞樹が覆いかぶさるようにして、壁際に玲奈を押し付け、口づけている。

「んっ……」

身動きして逃げようかと思ったが、動けない。

夢じゃない。

確かに瑞樹の唇は、自分の唇にしっかりと押し付けられていて、なおかつ玲奈の唇の感触を味わうように、柔らかく動いている。

十五回目の合コンから抜け出した場所で、まともに話したこともない御曹司の修羅場に遭遇したかと思ったら、求婚され、五分もしないうちに唇を奪われている。

「……お前の唇、柔らかいな……」

味わうように食（は）みながら、瑞樹がささやく。まるでワインでも楽しんでいるかのような、軽やかな口調だ。

だが唇は完全には離れていない。かすかに触れさせたまましゃべるので、くすぐったくて、背中がざわりと痺（しび）れていく。

全身に甘い毒を流し込まれているような、いけないことをしている気がした。

「んっ……」

「なんだ、背中ぴーんと伸ばして……固まって……」

ふふっと瑞樹が笑うと同時に、彼の両手がやんわりと、硬直している玲奈の背中と腰に回る。

「なんだよ、その態度……。まるで俺が、悪いこと、してる気になるだろ。そうじゃない、俺が相手なんだ。リラックスしろ……力を抜け。もっと俺に、かわいがられている実感を持て」

彼の言葉に、キスに、体に触れる手に、ゾクゾクと震えるような快感に全身が包まれていることに気がついて――。

（ああ……ふわふわする……）

それはとろりとした、甘美で強烈な誘惑だった。

南条瑞樹が最低な男だとか、このままでは自分もこの底なし沼にハマってしまうのではないかというような恐怖は、残念ながら、この時はすっかり頭から吹き飛んでいた。

圧倒的に美しく、大きく、雄々しい存在に抱きしめられて、まるで自分が、ただかわいがられるだけの、子猫にでもなってしまったような……。

すべてを投げ出して、その胸にすべてを預けてしまいたい、そんな錯覚すら覚える。

このまま彼に身を任せたら、どんな気分になるだろう?

そんな経験はしたことがないのに、なぜか玲奈の体の奥は、その快感を知っているような気がした。

(どうしよう……)

足が震え、力が抜けそうになる。

このままでは、心も体も、御曹司にからめとられてしまう。

だが突然、その甘い陶酔（とうすい）を切り裂く電子音がふたりの間に響いた。

玲奈がハッとして我を取り戻すのと、瑞樹が胸ポケットからスマホを取り出して見るのは、ほぼ同時だった。

「ああ……タクシーが来た」

その声は実にあっさりしていて、夢から覚めるには十分威力があった。

（えっ、ええっ、ええーっ！　私、うっとりしてなかった⁉　いや、してた！）

玲奈の頭は真っ白になり、それから顔が真っ赤になった。

この状況でこみ上げてくるのは、まず羞恥だ。そして自分への不信感が、後から追いかけてきて、眩暈がした。

いくら男に慣れていないからとはいえ、こんな風にいいようにされてしまった自分に腹が立つ。

しかもこれは、玲奈のファーストキスなのだ。今さら十代の女の子のような夢を見ていたわけではないが、こんな形で奪われることは予想していなかった。

（私の……ファーストキスが……！）

このまま床に座り込んで、大声で泣き叫びたいくらいだった。

一方、キス泥棒の瑞樹は、こういう状況に慣れているのだろう。顔色ひとつ変えないまま、スマホを操りながら目線ひとつよこさない。

「近くに部屋をとった。ついてこい。続きをしてやる」

その言葉は、やはりかなりの上から目線で――。

（ついてこいって……してやるって……）

どう受け止めても、最低で、最悪だった。

玲奈は全身を震わせながら叫ぶ。

「いっ……行くわけないでしょっ！　馬鹿っ！」

玲奈は目の前に立ちはだかる瑞樹の胸を力いっぱい突き飛ばすと、そのまま階段に向かって走り出していた。

（最低っ、最低っ……！　俺様御曹司って最低！　そして流された、私の馬鹿ーっ！）


翌週の月曜日の朝。

玲奈は勤め先の南天百貨店総務部で、仲のいいクリーンサービスのアラフィフ女性、通称〝ガンちゃんさん〟と一緒に、コーヒーマシーンで入れたドリンクを飲みながら、先週金曜日の合コンの反省会を開いていた。

総務部は、東京・日本橋に本店を持つ老舗、南天百貨店の四階後方にあり、経理部とフロアを分けている。ちなみに十一階建て、地下三階で、国の重要文化財にも指定されている、由緒正しい建物だ。

玲奈は早寝早起きをモットーにしているため、総務部の誰よりも出勤が早い。八時前にはやってきて、のんびり朝ご飯を食べたり、メイクをしたり、それから花瓶の水を換えたりと雑用をこなしつつ、掃除にやってくるガンちゃんさんとおしゃべりをして、時間を過ごすのが常だった。

「で、十五回目の合コン。どうだったの？」

床にモップをかけながら、ガンちゃんさんが、興味津々で問いかけてくる。

黄色のユニフォームに身を包んだ彼女は、すっぴんではあるが、相当な美人で、若い頃はブイブイ言わせたと豪語する、恋愛マスターだ。

利用駅が同じだったことと、入社一年目の冬、ガンちゃんさんが手袋を落としたのを、玲奈が拾ったのがきっかけで、よく話すようになった。あちこちの店にバラバラに派遣された同期よりも親しくなり、最近では合コンの話も聞いてもらっている。

「合コン……はですね」

「うん」

ワクワクした表情のガンちゃんさんには申し訳ないが、

「いやぁ……難しいですっ！」

玲奈は、いろんなことを振り返りながら、カップのコーヒー片手に、はぁ、とため息をつき、肩を落とす。

「そんなに〜？」

「そんなにですよ。やっぱり誰ひとり連絡先を交換できませんでした……。まぁ、私のせいですけど」

残念ながら、思い出すのは南条瑞樹のキスと、最低な誘惑ばかりだが、あの時つい勢いで、合コンの場から帰ってしまったのもいけなかった。悪酔いして気分が悪くなったということにしたが、友人に余計な心配をかけてしまった。

「途中で抜けちゃったし、また誘ってとは、言いづらくなってしまって」

「まぁ、男は星の数ほどいるというし、気にしなくていいんじゃないの」

ガンちゃんさんはふふっと笑いながら、床を拭いたモップを、掃除道具のカートに押し込んだ。

「それ、友人にも言われました」

星の数ほどいるはずなのに、友達ひとり作れない自分が情けないが、今さら簡単に自分の性格を変えられるはずもない。

時計の針が九時を指した。そろそろ社員が増えてくる時間だ。百貨店の開店は朝十時なので、社員が出勤し始めるのは一般企業よりも少し遅めなのだ。

おはようございますと挨拶しながら、ひとり、ふたりと、制服姿に着替えた社員が顔を出し始める。

「じゃあまたねー。またなにかおもしろいことが起こったら教えてね」

「いやおもしろいことは起こってほしくないんですけど……ガンちゃんさんもお疲れ様です」

苦笑しながら、総務部の入り口で手を振り合ったところで、突然、パッと光が差すような存在感のある男が、入ってきた。

「あっ」

おののく玲奈の前に来たその男は、ネイビーブルーの三つ揃えに身を包んだ、南条瑞樹だった。

「やぁ、おはよう」

にっこりと笑う瑞樹は、朝から一分の隙もなくさわやかで、精悍だった。

俺様御曹司として有名な彼だが、人前ではこうやっていくつもの顔を使い分けている。数日前に、女性に殺意をもたれていた男とはとても思えない。

彼がにこりと微笑むだけで、周囲の空気がキラキラするし、なんだかすべてを許してしまいたくなるような、そんな不思議なオーラがあるのだ。

「おっ、お……おはようございます……」

だが玲奈の声は震えていた。

それもそのはず、彼は南天百貨店の営業政策室の室長ではあるが、あくまでもそれは名目上であり、普段はグループ本社の、南条ホールディングスにいるはずの人間だ。そんな彼が、百貨店の総務部に顔を出す用事など、まったく思いつかない。

「えーっ、南条さんだっ……」

「どうしたんだろうね、珍しいね」

総務部フロアにいた女性社員たちだけでなく、テナントの従業員でさえ、瑞樹の姿を見て、声を抑えながらもささやき立っている。明らかに色めき立っている。

（嫌な予感しかしない！）

先週の金曜日の夜のことは、必死で記憶の底に押し込めた。キスをされてうっとりしてしまったことも、あれは事故だったのだと、全部忘れることにしていたのだ。

なのに元凶が自らやってくるとは、いったいどういうことなのだろう。

玲奈は、じわりじわりと後ずさり、そのまま自分のデスクに戻ろうとしたのだが。

「君、ちょっといいかな」

完全によそゆきの猫かぶりな顔と声で、瑞樹が玲奈を呼び止める。

「はっ……はい……？」

びくびくと返事をする玲奈に、瑞樹は、

「七階の二番応接室に、お茶をふたつ持ってきてもらえるかな」

と言って、優雅に総務部を出ていってしまった。

（えっ……仕事だったの？）

「かしこまりました……」

玲奈は戸惑いながらも、うなずいた。

それを聞いて、テナントの社員ふたりが、「えーっ、羨ましいっ！」と無邪気にニコニコしている。

（羨ましいなら代わって！）

そう心の中で叫ぶが、名指しだから、そういうわけにもいかない。

たとえ彼が女性関係において、南天百貨店の底なし沼と呼ばれていようとも、彼は室長で、グループの御曹司なのだ。

（そうよ……別に変なこと言われたわけじゃないし。これは仕事よ、仕事！）

おそらく営業政策室に、お茶を用意できるような社員がいないのだ。

玲奈はそう自分に言い聞かせ、言われた通り給湯室でお茶を淹れ、従業員エレベーターで、七階へと上がった。

七階には店長室と、営業政策室、そしていくつかの応接室がある。

「二番応接室だったよね」

玲奈はドアのプレートをチェックしながら、二番応接室の前に立ち、ドアをノックする。

「どうぞ」

中からは瑞樹のよく通る声がした。

「失礼します」

玲奈はドアノブを回して中に入る。

床には重厚な模様の絨毯が敷かれ、十人掛けの円卓が置かれている。その一番奥、壁にかかった美しい水彩画を背にして、瑞樹が座っている。長い足を組み、椅子の肘置きに頬杖をついてタブレットを眺めているが、他には誰もいない。

玲奈は、お茶を運んでくるのが早すぎたのだろうかと、きょろきょろと、応接室の中を見回した。

「お客様はまだですか?」

「そんなものはいない」

「えっ!」

呼び出しておいて、そんなことを口にする瑞樹に、あやうく持っていたお盆をひっくり返しそうになった。

（いやいやいや！　ひっくり返したら掃除するのは私だし……！　落ち着け～落ち着け～！）

慌ててテーブルの上に置き、玲奈が入室してもちらりとも顔を上げない瑞樹のもとに、ツカツカと向かう。

「そんなものはいないって……どういうことですか。嘘をついたんですか？」

上司に対する口の利き方ではないとはわかっていたが、騙されたと思うと純粋に腹が立った。

玲奈は目に力を込めて、瑞樹を見下ろした。

だが瑞樹は相変わらずのノーダメージで、さらりとしたものだ。

「俺が個人的にお前に用事があって、それで呼び出した」

と、悪びれた様子もなく、口にする。

「個人的って……」

それを聞いて、胸の奥がざわついた。

怒りよりも、不安が勝った。

「なんだかすごく、嫌な予感がするんですけど……」

おそるおそるではあるが、正直に口にすると、

「そうでもないぞ。お前にとっても、悪い話じゃないからな」

瑞樹はそこでようやく顔を上げ、タブレットを目の前の円卓の上に置いた。

椅子に座った瑞樹と、その前に立った玲奈の距離は、それほど近くはない。ただ、背の高い彼を見下ろすというのがなんだか変な感じがする。

玲奈は緊張しながら、口を開いた。

「もしかして、こないだのことですか?」

「ああ、そうだ。あんな風に俺を拒む女は初めてだったが、まぁ、それだけ身持ちが固いことは証明された。それになにより、お前みたいな地味でお堅い、真面目なタイプは、うちの両親のウケもよさそうだしな」

「はい?」

地味でお堅いと、さりげなくけなされている気がしたが、それよりも、なぜ瑞樹の両親の話になるのだろう。意味がわからない玲奈は、きょとんと目を丸くする。

瑞樹の父親は、この南天百貨店を含む南条グループの総裁である。南条は江戸時代のひとりの天才商人から発展した、旧財閥、金融系のグループだ。銀行、シンクタン

クから、コンサルタントまで、今でも確固たる同族経営でその基盤を維持している。

南天百貨店も、数ある子会社のひとつに過ぎない。瑞樹はここで数年取締役を務めた後、本社の執行役員になることが決定しているはずだ。

「なんだその顔は。タヌキみたいだぞ」

瑞樹がポカンとしている玲奈を見て、くすりと笑う。

「たっ、タヌキって失礼なっ！　そんなこと言わないでくださいっ、気にしてるのに！」

丸顔で少しだけたれ目なので、家族にはいつもタヌキ顔と言われている。

玲奈は膨れながら、自分の頬を両手で挟んだのだが、

「なんだ、気にしてるのか」

次の瞬間、チェアに座ったままの瑞樹の手が伸びてきて、グイッと玲奈の手首をつかみ引き寄せた。

「きゃっ……！」

悲鳴をあげたが、その声はすぐに封じられた。

大きな手が腰と後頭部に回り、座ったままの瑞樹の胸の中に閉じ込められてしまう。

完全に、彼の膝の上に横向きに乗せられている。

「タヌキ、かわいいじゃないか」

そして瑞樹は、目を細め、クックッと喉を鳴らすように笑う。

「かっ、かわいいって……」

気にしているタヌキ顔をかわいいと言われて、戸惑ってしまった玲奈だが、

「俺は嫌いじゃない」

瑞樹は、そのまま玲奈を抱きしめてしまった。

「えっ、ちょっと……っ！」

軽く腰と背中を押さえられているだけなのに、身じろぎしても抜け出せない。

（おっ……男の人って、こんなに力が強いの⁉）

玲奈は混乱したが、この状況にあっても、不思議と恐怖は感じなかった。

「動くなよ。もっとお前の顔が見たい」

そう言って、自分を膝に乗せてじっと目を見つめる瑞樹は、どこか楽しそうな、ワクワクした表情をしているのだ。彼が持つ、強烈な陽の雰囲気が、この状況をどこか明るくしているような、そんな気さえする。

だが話があるにしても、わざわざ膝に乗せなくてもいいはずだ。これはいくらなんでも横暴すぎる。

玲奈はどちらかというとおとなしい性格をしているが、決して怒らないわけではない。

「あのですねっ……！」

たまらず抗議の声をあげようとしたその耳元に、

「俺と結婚しろ、玲奈」

と、甘やかな声が注ぎ込まれた。

その一瞬、驚きのあまり、心臓が口から飛び出るかと思った。

頭のてっぺんに大きな岩が落ちてきたような、そんな衝撃で、玲奈は固まった。

名前をいきなり呼び捨てにされたことも驚いたが、それどころではない。

彼は玲奈に、自分と結婚しろ、と言ったのだ。

先週のことがあって知らない仲ではないが、ほぼ初対面のこの男が、なぜ自分に結婚しろなどと言うのか。まったく理解できない。

「おい、聞こえたか？」

瑞樹が、ピクリとも動かなくなってしまった玲奈の顔を、かすかに目を細めて覗き込んでくる。端整な顔が近づいてきて、いよいよ心臓が激しく跳ね回る。

「きっ……聞こえましたけど……結婚って……！」

玲奈はブルブルと首を振った。

「なに言ってるんですか、そんなことできるわけないじゃないですか！」

「なんでだ。お前、合コンで適当な相手探してたんだろ。だったら俺でもいいだろ」

瑞樹は激怒する玲奈を見て、不思議そうに首をかしげる。

「適当って……」

「親が勧める見合いを、したくないんじゃなかったのか」

「それは……そうですけど」

結婚したくないから、合コンで相手を見つけようとした。それを〝適当な相手〟と言われたら、言い返せない。玲奈は脱力して、一気に渋い顔になった。

自分の情けない部分を晒すようで、あまり話したくはないが、ここで彼に説明しないわけにもいかない。

「私……なにもないんです」

「なにも、とは？」

「だから……なにか成し遂げたい夢があるわけでもないし、好きな人がいるわけでもない。結婚したくないことに、ドラマチックな理由があるわけじゃなくて……私は……ただ、自分で将来のことを選びたいと思っただけなんです。でもそんなことを言っても、うちの家族はまったく聞いてくれなくて。のんびりしてる私なんか、すぐに行き遅れて、孤独死だって……ひどいこと言うんです。だから……とりあえず結婚を考えるような彼氏ができたら、見合いをさせられないかもしれないと、思っただけなんです」

改めて口に出してみると、その子供っぽい理論に我ながら情けなくなるが、案の定それを聞いて、瑞樹が鼻でふっと笑う。

「親から孤独死しそうだと言われているようなお前が、合コンで彼氏を作るっていうのが、無理筋だろ」

「それは……わかってますよ……」

瑞樹の言うように、合コンで彼氏を作るというのは、想像以上に大変だった。

まずお付き合いしたいと思うような男性に巡り合い、さらにその男性に自分を好きになってもらう必要がある。そしてお付き合いをしていく上で、〝この人と付き合っているから見合いはしない〟と、両親に紹介しなくてはならないのだ。

その一連の流れは、玲奈にとっては、無理難題としかいいようがない。今まで、付き合いたいと思う男性など、一度も現れなかった。

「でもそうするしかないんです……他のやり方なんて、見つかりません」

玲奈はしゅんとして、うつむいた。

そんな玲奈を見て、瑞樹はまたにやりと笑い、玲奈の顎先を指で持ち上げる。

そんなことでうつむくなと、言わんばかりに。

「だから、俺と結婚すればいいんだ」

くっきりとした二重瞼の奥に輝く瞳は本当に意志が強そうで、どんな不可能なことも可能にしてしまいそうな、自信に満ち溢れている。

一瞬、そうかな?とのまれそうになって、玲奈は慌てて首を振った。

「だから……って！　いやいやなんでそうなるの！　しっかりしてください！」

玲奈は瑞樹の肩に両手を乗せ、ゆさゆさと揺さぶった。

「あなたはなんだかんだ言って、南条の御曹司なんですよ？　その身分に合う、ちゃんとしたお相手と結婚するでしょ？　私はただ単に、お見合い結婚させられるのが嫌なだけなんですよ！」

「ああ、俺もだ」

「えっ？」

〝俺も〟とはいったいどういうことだろうか。

揺さぶっていた手を止めると、瑞樹はその長いまつ毛を伏せて、「はぁ……」と軽いため息をつく。

「俺も、まったく結婚する気がないのに、三十になってから、大量の見合いを持ってこられている。近いところだと、高校卒業を控えた女子高生から、遠くはイギリスの貴族令嬢まで、幅広く取り揃えられて、断っても断っても、次から次に運ばれてくる。終わりが見えそうにない。うんざりしてるんだ」

「そんな、結婚相手を商品みたいに言われても……」

だが瑞樹は否定も肯定もしなかった。本気でそう思っているのかもしれない。

そして南条グループの御曹司ともなると、見合い相手は海外にまで広がるらしい。

ワールドワイドぶりに、驚き呆れてしまった。

「だから、お前が他人に結婚相手を決められたくないというのも、わかる」

「でも……私とあなたが結婚したって、意味はないのでは……」

玲奈のつぶやきを聞いて、瑞樹の目がきらりと光った。

「あるだろ。お互いの本心を知っている」

「本心って……周囲から、結婚しろと言われているけど、結婚したくないと思っているってことですよね？」

「ああ。だから、俺たちふたりが結婚して、周囲を騙すんだ」

「えっ、騙す⁉」

目を丸くする玲奈に、瑞樹はにやりと笑って、テーブルの上に置いたタブレットを手元に引き寄せた。

「これは俺の幼馴染の弁護士に無理言って作らせた、契約結婚のドラフトだ」

「ドラフトって？」

聞き慣れない単語に首をかしげると、

「ドラフトというのは、契約書の草案だな」

瑞樹は、膝の上の玲奈に向かって、タブレットの画面を開いて見せた。

「えっと……」

彼の手元を覗き込むと、確かにびっしりと文字が書かれたｐｄｆ形式の文書があった。さらっと見ただけで、甲だの乙だの書いてあって、これをすべて読むには骨が折れそうだ。

すると瑞樹が長い指でタブレットにそっと触れて、いくつかを読み上げた後に、説明を始めた。

「要するにだ、半年程度の適当な婚約期間を経たのちに、結婚式を挙げ、一年間、結婚生活を送る。といっても契約結婚だから、夫婦を演じるだけでいい。双方、どこでなにをしようが、自由だ。一年経ったら、夫からの申し出で、性格の不一致を理由に離婚する。俺からの慰謝料として、お前に、ふたりで住んでいるマンションを譲る。新居は売るもよし、そのまま住むもよし、どちらにしても、お前が離婚後、生活に困らんようにするための手段だから、受け取っていい。そういうことが書いてある」

そこで瑞樹は、黒髪をゆっくりとかき上げる。

「お前の両親だって、夫から一方的に離婚の申し出を突きつけられ、傷ついて帰ってきた娘に、今すぐ再婚しろなどとは言わないだろう。一方俺のほうは、あんな放蕩息子に娘はやれないと、だいぶ斡旋が減るはずだし、一度結婚したんだからと何年かは突っぱねることができる。そしてお前は落ち着いて、好きな男ができれば再婚すればいい。バツイチといっても、相手が俺だ。百パーセントお前は同情されるから、再婚するのに、問題にはならないだろう。お前にとって、悪くない話のはずだ」

「はぁ……」

我ながら間抜けな返事だと思ったが、言葉が出てこなかった。

言っていることの意味はわかる。ただ本当に不思議だったのだ。

地位も名誉も美貌も、持っていないものなどなにもないこの男と、通りすがりで出会った自分が結婚することが、とても現実味がなく、夢物語のような気がした。

「――本気、なんですか」

それは自分に対する問いかけだったかもしれない。

玲奈はおそるおそる尋ねた。だが瑞樹はしっかりとうなずいた。

「本気だ。本気でなければ、こんなものを作らせたりしないし、お前のことを調べたりしない」

「えっ、調べたの？」

「なに言ってるんだ、お前。結婚しようかって相手なんだから、調べるに決まってるだろう」

瑞樹は肩をすくめて、かすかに笑った。

「ああ……そうですよね……契約結婚ですもんね」

「そうだ。おかしな身内がいるのは困る。それなりに信頼関係を築ける程度の常識は欲しい。だからお前の両親、身内についても調査済みだ。優良企業だな。経営者として、実直であることがうかがえる」

「そうですか……」

常識外れのことをしようというのに、常識を求められていることに玲奈は力が抜けたが、確かに誰にも秘密の契約結婚だからこそ、そういった調査が重要になるに違いない。

だがそこで、ふと思い出したことがある。南条瑞樹の女性関係だ。あの平手打ちの彼女が恋人なら、そう簡単に、自分と契約結婚などできるはずがないではないか。

「あの女の人とは、その後どうなったんですか」

なにしろ、刺されて死ねと言われるような男だ。三角関係に巻き込まれでもしたら、それこそ身の危険がある。

基本的にのんきな自覚がある玲奈も、それだけは勘弁してもらいたかった。

「ああ？」

それを聞いて、瑞樹が怪訝そうな顔になった。

「んー……」

完全に忘れていたのか、さらに眉根を寄せ、一瞬遠い目をする。

その顔を見て、少し嫌な予感はしたが、彼の答えは想像以上だった。

「あんなのはモデルという職業が自慢なだけの、十把一絡げのつまらん女だ。しつこいから、同じ女と二度寝る趣味はないと言ったら、ああなった」

「ええっ……」

思わずぎゅーっと眉根が寄った。

どうやらこの御曹司は、噂通りの女たらしらしい。十把一絡げにされる女性たちがかわいそうだし、そんな風に女性を扱う彼に、ドン引きした。

「最低ですね。そんなの、相手の女性が、かわいそうっ！」

玲奈は真顔になり、それから瑞樹の膝から降りて、制服のスカートを手のひらで伸ばした。

出会った当初から、怒っていても、たまにこの男に、うっとり見惚(みと)れてしまっていた記憶を自分から抹消したいと、本気で思った。

だがそんな玲奈を見て、瑞樹は長い足を組み直して、優雅に頬杖をつく。

「かわいそう？　あの女たちは、南条グループの御曹司をモノにしたいと思って近づいてきているだけだ。俺の背景が欲しいんだ。そんな女にいちいち情けなどかけられるわけがない」

「人は背景と、付き合うわけじゃないでしょう」

きっぱりと言い切った玲奈に、瑞樹は不思議そうに目を見開く。

「そうか？」

玲奈の言葉がにわかには受け入れられない、そんな表情だった。

「そうですよ」

だが玲奈は、憤慨しながら言葉を続ける。

「それに……南条さん、付き合った女性と、そういうこと、してるんでしょ……？

だったら……普通は……怒ると思います」

経験がないので、完全に妄想だが、体の関係があった異性に『二度と会わない』と言われたら、自分なら絶対に立ち直れない自信がある。

ぽそりとつぶやくと、瑞樹は切れ長の目を見開いた後、にやりと笑った。

なぜここで笑うのかと思ったら、

「してるって、なにをだ」

と、悪い顔をした。

「なっ……」

玲奈の頬に、サッと朱が走った。

「ん？　なにをしてるって？」

一方、瑞樹は相変わらず悪い笑顔のまま、椅子から立ち上がるとポケットに両手を入れて、体を近づけてくる。

完全にチンピラかいじめっ子だ。見た目が極上なだけに質（たち）が悪い。

「そういやお前、俺のこと拒んだよな。あの時は気を引く演技かと思ったんだが、違ったな。お前、男と付き合ったことないんだよな？」

「うっ……」

玲奈はまた、おののいた。

「まさかのファーストキスだったのか」

「ううっ……」

思わず両手で口元を覆っていた。

どうやらすでに、玲奈が男性と付き合ったことがないことまで、調べ上げられている。気がつけば、じりじりと壁際まで追い詰められて、玲奈はまたいわゆる壁ドンの状態だ。

「なんなら俺が、結婚期間中、お前に男というものを教えてやろうか。キスも、その先も、俺が全部、教えてやる」

話の内容は最低だが、玲奈を見下ろす瑞樹の瞳は、キラキラと瑞々しく輝いていて、彼の己に対する自信が目に見えるようだった。

本気で、男性経験がない玲奈に、教えてやると思っているのだ。

（なんなの、この人……！）

玲奈の頭に、また血が上った。

「南条さん、あなた、人を、本気で好きになったことはないんですか」

「ないね。お前と一緒だろう」

「一緒にしないでっ！」

反射的に言い返す。

それは、明らかに玲奈を馬鹿にした物言いだった。

確かに自分は男性経験は皆無だし、ずっと女子高育ちで、異性の友人すらいたことがない。だがそのことをこうやって、上から目線で笑われる理由はない。

だがこういう男だから——期間限定の契約結婚をしようなどと考えるのだ。

だったら自分だって、これから先の人生を楽しむために、自分のことだけ考えて、生きてもいいのではないか。

すうっと、気持ちが落ち着いた。自分の中でなにかがおさまる場所におさまった気がした。

「わかりました」

はっきりとそう言うと、瑞樹が「じゃあ」と、玲奈の顔を覗き込んでくる。傾けた頬とその甘い気配から、キスの予感が漂う。

だがそれよりも先に、玲奈はきりっとした表情で、瑞樹を見上げた。

「あなたと契約結婚します。ただそこの草案に条件をひとつ付け加えてください」

「なんだ」

「寝室は別、ですっ！」

「は？」

ハトが豆鉄砲をくらったような顔をした瑞樹を、「では仕事がありますので、失礼します！」と強く押し返し、応接室を出ていく。

「はっ……ハハッ！　俺と寝たがらない女なんて、お前が初めてだぞ」

背後から爆笑する声がしたが、聞こえないふりをした。

契約結婚など馬鹿らしいと思うが、こんなことがなければ自分は見合いをさせられてしまうのは間違いない。だったら利用すればいいのだ。

相手は、南条瑞樹だ。他人を軽々と傷つける、そしてなにをしたって傷つかない、図々しい、いけ好かない男なのだ。

（そうよ、南条瑞樹は、たった一年で離婚すると決まっている女に、男を教えてやろうかなんて言う最低男なんだから！　だったら、別れるのも躊躇(ちゅうちょ)なく別れられそう。利用するだけ利用して、ポイしてやる！）

玲奈は足音も高らかに、階段を駆け下りていた。

結婚してもいい女

数日前に、梅雨が明けたとニュースが告げた七月上旬。一台の高級車が、広大な敷地の、地下駐車場に滑り込んだ。

「お前、なんでそんなガチガチなんだよ」

隣でハンドルを握っていた瑞樹が、エンジンを切ってもなお、背筋をピーンとして顔を強張らせている玲奈を見て、苦笑する。

「いや……普通は緊張しますよね。ふう……」

玲奈は厳しい表情で、シートベルトに手をかけて、車を降りた。

この日のためにと新調したばかりの、胸の下で切り返しが入った、上品で清楚な白いワンピースの裾が、ふわりと広がった。

(それにしても、駐車場でこれだけのスペースって……並んでる車もピカピカだ。すごい……)

車のことはよくわからないが、今日瑞樹が玲奈を駅まで迎えに来たこの車が、フェラーリだということくらいはわかる。

しかも自宅地下の広大な駐車場には、美しい、まるで工芸品のような高級車が、さらにもう五台ほど並んでいた。

ここは東京都内の閑静な住宅街だ。時間は午前十時、五分前である。

広大な緑地帯が広がる公園のすぐそばにある南条家は、地上二階、地下一階の豪邸だが、瑞樹が言うには都内にいくつかある屋敷のひとつで、ここはどちらかというと小ぢんまりしているらしい。

駐車場からエレベーターに乗って、地上に出る。アプローチを十メートルほど歩いた先に、まるで老舗旅館のような、歴史がありそうな雰囲気のポーチと、玄関戸が見えた。

ここに来る道すがら、少しだけこの屋敷のことを聞いていたが、千坪ほどある敷地の約半分が、美しく手入れされた日本庭園になっているらしく、ずいぶん見ごたえがある。天気のいい日に、庭を散策したら、さぞかし気持ちいいだろう。

だが残念なことに、今の玲奈に景色の詳細は、ほとんど目に入らなかった。漠然と、大きいなぁ、広いなぁ、すごいなぁ……という感想しか頭に浮かんでこない。

(我ながらすでに、いっぱいいっぱいかもしれない……！)

「玲奈」

名前を呼ばれて、庭から瑞樹に視線を移すと、瑞樹が手を差し出している。

「はい？」

いったいなにをくれるのかと凝視すると、

「手。繋ぐぞ」

と言われて驚いた。

「ええっ、なんでっ……！」

玲奈の頬がすぐに真っ赤に染まる。いまだかつて、父親以外の異性と手を繋いだことがないのだ。

「そんなの、恥ずかしいじゃないですかっ……」

だが瑞樹は呆れたようにあっさりと、それを否定してしまった。

「恥ずかしいって……そうでもしないと怪しまれるだろうが」

問答無用で玲奈の手をつかむと、いわゆる恋人繋ぎにして、腕を引き寄せた。

無理にそうされたわけでもないのだが、新しい靴のせいか、つまずいて上半身がよろめく。

「わっ……」

体が軽くぶつかったかと思ったら、そのままふわりと受け止められていた。

「大丈夫か」

「あっ……すみません っ……」

今日の瑞樹は、緩く首元が開いた白のカットソーに、麻素材のジャケットとパンツというラフなスタイルで、筋肉質で長身の体によく似合っている。スーツの時と違って髪も洗いざらしだ。

「玲奈。この程度のことを、謝るな」

そのさらさらと流れる黒髪の奥の、切れ長の目と視線がぶつかって、心臓が跳ねた。

この男は、俺様だし、上から目線で最低だが、自分の魅力というものを理解している。シンプルに名前を呼ぶ唇の動きも、声も、じっと見つめるだけの静かな眼差しも、髪が風に揺れる時でさえも、他人にとって自分がどう見えるのか、きちんとわかっているとしか思えない。いちいち振る舞いが魅力的なのだ。

(だからあんまり近づきたくないいんだけど……)

玲奈は唇を噛む。

瑞樹のそばにいて、ドキドキするのは、自分の恋愛偏差値が低すぎるせいだ。彼の手にかかれば、男性経験皆無の自分など、赤子の手をひねるが如くだろう。

もちろん、付き合っていたはずの女性を、十把一絡げなどと、失礼なことを言う男だとわかっているので、自分が彼を好きになることなどあり得ないが、こういう状況はあまり心臓によくない。

「なっ、なんですか。南条さん」

玲奈はサッと目線を逸らして、自分の足元を見下ろした。

「さすがにここで南条さんはまずいだろ」

「あっ……そうだった」

瑞樹からは、車の中で、名前を呼ぶように言われていた。

ただ、そうはいっても、契約結婚しましょうと決めてわずか三週間だ。しかもこの間、忙しい瑞樹と顔を合わせたのはたったの二回で、場所はいずれも社内の会議室。

ふたりきりの秘密の打ち合わせしかしていない。

「みっ……瑞樹さん……瑞樹さん、ですよね……わかってますよ」

強がりながら絞り出した声は、かすかに震えていた。

頭上から、クスッと笑う声がする。

「名前呼ぶだけで、ドキドキしすぎだろ」

「だって……慣れなくて……」

男女が名前で呼び合うなど、玲奈には特別なイベントだ。

「いやまぁ、それもまた初々しいかもしれないけどな」

瑞樹は、なにを思ったのか、繋いだ手の指に力を込める。

「顔上げろ」

「――はい」

しぶしぶ顔を上げると、まっすぐに自分を見つめる瑞樹の目と視線が絡む。

「お前、もっと俺のこと好きっぽい顔しろよ」

その声は、どこかからかうようで、一方で熱っぽくもあり、この男が自分のことをなんとも思っていないのは百も承知なのだが、あやうく騙されそうになってしまう。

そのくらい、玲奈の目には魅力的に映った。

(これがこの男の、底なし沼たるゆえん!)

玲奈は内心ドキドキしながら、首を振った。

「もうっ、そんなことまでしなくてもいいじゃないですか、放してくださいっ」

「やだね」

「やだねって、そんな子供みたいなこと言って!」

玲奈は呆れながら距離を取ろうとするが、思えば瑞樹は最初から毎回、逃げる玲奈の動きを先回りするように封じて、近づいてくるのだ。

「だって考えてみろよ。結婚する前の男女だ。今が一番楽しい時のはずだろ。浮かれてて、時間があれば見つめ合って、視線が合えばキスをする、そういう時期だろ？」

「そんな浮かれた気持ち、経験したことないのでわかりませんっ」

「ふふっ……そうか。じゃあやっぱり試してみるしかないな」

瑞樹がクスッと笑う。そして彼の顔が接近して、大きな手が玲奈の細い首を支えて、上を向かせる。

（キスされる……！）

その瞬間、逃げるようにぎゅっと目をつぶって、身を固くした玲奈だが、

「ほら、玲奈」

額に触れるか触れないかの距離で唇は停止して、ささやいた。

「ここで取って食いやしないから。リラックス、リラックス……」

首を支えたまま、親指が玲奈の顎のラインを撫でる。まるで猫でも撫でつけているかのようだ。

その手があまりにも穏やかなものだから、うっすらと目を開けると、すぐ目の前に瑞樹の美しい瞳があり、目が合った。

「キスされると思ったのか？」

「なっ……」

「やっぱりしてやるべきだったか」

どこか楽しげに瑞樹がささやいて、また肩を抱いてくるので、「結構ですっ！」と、玲奈は胸を押し返した。

(この人は、いくら嫌だって言っても、のらりくらりと近づいてくるんだから！)

だが、確かに結婚前の恋人同士なのだから、多少の甘さは必要かもしれない。

彼の言うことも、一理ある。

「お約束の時間ですよ、行きましょう！　ねっ、瑞樹さんっ！」

わざと繋いだ手に力を込め、はっきりと名前を呼ぶと、

「はいはい」

玄関へと向かう玲奈の後ろから、手を引かれる形で、瑞樹が笑ってついてきた。

(まったくもう……)

だがどうでもいいことを言い合ったせいで、少しだけ肩の力が抜けた気がした。

(それにしたって……私と瑞樹さんの間だけで成立している契約結婚とはいえ、正式にお互いの両親に挨拶をするんだもんね……。当たり前だけど、失敗は許されないわよ……責任重大だ)

通常であれば、両家への挨拶は女性側が先になるのだろうが、瑞樹の両親が仕事で海外を飛び回っているため、先に南条家に挨拶をするということになったのだ。いくら瑞樹が結婚すると決めても、結局彼の両親が承諾しなければ、この契約結婚は成り立たない。

（私みたいな普通の女が、ここに立っていていいんだろうか……？）

今さらながらそんなことを思ったが、これは瑞樹と玲奈の個人間の契約結婚だ。結婚生活は一年と決まっているのだから、自分がふさわしいとか、ふさわしくないとか、考える必要はないはずだ。

（そうよね、どうせすぐに他人になるんだし……とりあえずこの挨拶という山場を乗り越えることだけ考えなくっちゃ！）

「ただいま帰りました」

瑞樹が戸に手をかけて、がらりと開ける。

「わぁ……」

その向こうには、思わず感嘆の声が口から漏れてしまうほどの、恐ろしく広い玄関フロアが広がっていた。

車が三台ほど停められそうな三和土（たたき）の奥は、和洋折衷の雰囲気だ。贅沢な木の廊下の向こうに、上の階へと続くらせん階段が見える。右手が中庭になっているらしく、大きな窓があって、明るい光が燦々と、注ぎ込んでいた。

「はーい、待ってたのよ～！」

瑞樹の声に応えるように、上等な藤色の和服に身を包んだ女性が、背後にエプロン姿のお手伝いらしき女性を三人も従えて、いそいそとこちらに向かって走ってくる。

「あれが母の藍子だ。ものすごくおしゃべりだから、適当に受け流せ」

隣で瑞樹がささやきかけてくるが、

「う、受け流すってっ……」

そんなことできるはずがないではないか。

玲奈は慌てて背筋を伸ばす。すうはぁと息を整え、昨晩から何百回も練習した挨拶の言葉を口にした。

「はっ、初めまして、藤白玲奈と申します。本日はお忙しいところ、このようなお時間を作っていただきまして――」

「玲奈さん、よく来てくれたわね、私は瑞樹の母の藍子で……いやーっ！」

「はいっ？」

突然悲鳴をあげられて、玲奈は体を強張らせた。

どこかにまずいところがあったのか、もしかして見た目がすでにアウトなのだろうか。それとも、にじみ出る平凡性がまずかったのか。

一気に全身から汗が噴き出してくる。

「あっ、あの……」

なにか失礼があったのか尋ねようとしたら、藍子は両手で頬を包んだまま、キャッキャッと跳ねるように体を動かした。

「手よ〜、繋いだりなんかして〜！　本当に仲よしさんなのね〜！」

「あっ」

右手が瑞樹によって繋がれたままだったことに、言われて気がついた。

「し、失礼しました！」

さすがにこれはまずい。

慌てて離そうとしたが、「そうなんですよ、母さん」と笑って、瑞樹はしれっと離さない。むしろぎゅっと、手に力を込める始末だ。

（ちょっと、なんなの！　離してってば！）

目線と口パクで離せと意思表示をしたが、無視された。そして瑞樹はそのままの状態で、藍子を見下ろす。

「母さん、ここ玄関ですし、中で話しませんか」

「あっ、そうねっ！　あがってあがって！　私、とーっても楽しみにしていたんだからっ！」

結局、持っていた手土産の紙袋も、挨拶もするまでもなく、サッと瑞樹に取り上げられ、お手伝いさんに渡されてしまった。

（せっかく挨拶の練習をしたのに……！）

思わず心の中で叫んでしまう玲奈だが、とにかく、あれやこれやと想像してシミュレーションに悩んでいたのが馬鹿らしいくらい、フレンドリーな対応を受けて、戸惑ってしまう。

「応接間にお茶の用意をしているのよ～」

瑞樹は母親の藍子似なのだろう。年の頃は五十代半ばくらいだろうか。華やかな顔立ちをした、たいそうな美人だ。旧財閥系、南条グループの総裁の妻というにはずいぶん人懐っこく、天真爛漫（らんまん）を絵に描いたような女性だが、藍子は旧華族の出身らしい。深窓の令嬢というのは、もともとこういう一面を持っているのかもしれない。

「もう、パパも今か今かって、待ってたの！　お顔は怖いけど、とっても優しい人だから、あまり緊張なさらないでね～！」

「はっ、はい……ありがとうございますっ……」

玲奈はなんとか瑞樹と繋いだ手を離すと、靴を脱ぎ、お手伝いさんに差し出されたスリッパに履き替え、廊下の左手にある応接間へと向かった。

「本当に、そんなに緊張しなくていい。父さんは、家の中では母さんに絶対服従だからな」

瑞樹が玲奈の耳元に顔を寄せて、そうささやいたが、玲奈としては、「ほんとに……？」と半信半疑だった。

南条グループ総裁の顔は、玲奈も社内誌を見て知っている。明治時代の元勲(げんくん)のような威厳のある雰囲気の持ち主だ。実際に会うのは初めてなので、瑞樹の母親に会うのとはまた違った緊張がある。

（とにかく派手な失敗だけは、しないようにしないと……！）

改めて、気合も新たに広い――楕円のテーブルに、八人掛けの椅子が置いてある――絢爛(けんらん)豪華な応接間に足を踏み入れたのだが、藍子の言うことも瑞樹の言うことも、おおよそが正しかった。

南条時生(ときお)は、当然だが、社内誌で見た通りの顔だった。日本人には珍しい美しいヒゲをたくわえ、なおかつすらりと背が高く、堂々としている。このまま教科書に載ってもおかしくない、堂々とした姿だ。年は藍子とは一回り近く離れているらしく、六十代半ばになるらしい。背筋がビシッと伸びた、ロマンスグレーである。

そして藍子の言う通り、基本的に無口で、黙っていれば怒っているように見えた。

玲奈の挨拶にも小さくうなずくだけだったし、いざ全員が椅子に座っても、基本的には会話の主導権は藍子が握っていた。

玲奈は緊張しながら、もっぱら藍子の話を聞いていたのだが、

「そうそう、あなたたち、職場で知り合ったんですってね」

唐突に、玲奈の正面に座っている藍子が、出会いの話を持ち出して、ドキッとした。

（あっ！　出会いの話題きたっ！）

ようやくシミュレーションの成果が試される時がきた。

玲奈は飲んでいた紅茶のカップを置いて、こっくりとうなずいた。

「はい、そうなんです。私は南天百貨店の総務部なんですが、何度か営業政策室に、来客のお茶を運ぶうちにお話をするようになって」

もちろんこれは、瑞樹と玲奈で考えた、ねつ造の出会いである。

離婚前提とはいえ、結婚をするとなると、馴れ初めは聞かれることが多いだろう。なので、瑞樹とふたりの出会いのきっかけを考えたり、さらに双方結婚に至るまでの

感情の流れなど、綿密に打ち合わせを済ませていたのだ。

玲奈の言葉に続くように、

「最初から、かわいいなと思ったし、真面目そうで、いい子だなと思ったんですよ」

瑞樹は、左隣に座る玲奈の膝に手をのせた。

「な？」

いたずらっ子のように顔を覗き込んできて、にっこりと笑う。

「もっ、もうっ……」

（膝に手をのせるとか聞いてないんですけど！）

相変わらずの、断りなしな至近距離で、玲奈の顔は真っ赤になった。

別に本気で照れているわけではない。ただこういう状況に慣れていないからなのだが、他人から見たら、仲のいい恋人同士のように見えるはずだ。

（きっとこれも計算だわ……）

玲奈は内心苦虫を噛み潰したような気持ちを抱きつつ、それでもこの場では、「えへへ」と愛想笑いを浮かべるしかない。だが藍子はすっかり上機嫌だ。

「瑞樹の口から、真面目そうでいい子なんて言葉を聞くなんてねぇ。嬉しいわ～。それにしたって、瑞樹ったら、今まであなたのことをまったく教えてくれなかったから、いきなり結婚するって言われて、ビックリしたのよ」

「もっと早くお伺いできたらよかったのですが……すみません」

玲奈が軽く頭を下げると、藍子は慌てたように首を振る。

「あらやだっ、玲奈さんが謝ることなんかないのよ～う！　そもそも瑞樹が悪いのよ、この子ったら幼稚園児の時からずーっと、きれいでかわいい女の子のお友達、みんなにいい顔をして、そのくせ全然ひとりの女性と長続きしないみたいだし、そもそも誰ひとり紹介してくれなかったし、きっとものすごく不誠実な男なんだわって思っていたのよねぇ……。だからなんとかして、ちゃんとした人と結婚してもらわないとって思ってたんだけど……よかったわっ」

藍子が満足げにうなずく。

「幼稚園の頃からずっと、モテモテだったんですね……」

なんとなく予想はついていたのだが、思わず口にしてしまった。

だがそれを聞いて、

「――ママ。瑞樹のことをそういう風に言うと、玲奈さんが心配するだろう」

時生が少し動揺したように、藍子に顔を近づけ、たしなめる。

「あっ、本当ね～っ、私ったらどうしましょう！」

慌てたように、藍子が椅子から腰を浮かせた。

結婚しようかという息子の女癖の悪さを、結婚相手に披露してしまう母というのも珍しいが、玲奈としては苦笑いするしかない。

するとそこで瑞樹が、助け舟を出すように口を開いた。

「大丈夫ですよ。彼女にはもう、俺の散々なところを見られているので。ね？」

そして玲奈に向かってパチンとウインクをした。

おそらくふたりの本当の出会いの平手打ち事件のことだろう。

確かにこの目ではっきりと見ている。

（あれはなかなかに強烈だったわよね……。他の女に刺されて死ねっ！だもんね）

玲奈の人生においても、二度とない体験のような気がする。

心の中で、うんうんとうなずいていると、瑞樹はまた両親に向けて、言葉を続けた。

「でも俺は、だからこそ、この子にしようって思ったんですよ」

はっきりと断言する声は、この場の空気をハッと目覚めさせるような、どこか清々しい気配さえあった。

「瑞樹さん？」

思わず、玲奈は驚いて、瑞樹の横顔を凝視してしまった。

「彼女、肝が据わっているんですよ。どんな状況でも、他人を思いやれる余裕がある。その優しさは強さだと思いました。だから、結婚するなら、こういう人がいいなと思ったんですよ」

結婚するならこういう人がいい——。

その言葉を聞いて、玲奈の心に、さわやかな風のようなものが通り過ぎていく。

（本当にそんな風に思ってくれたの……？）

思わず隣の瑞樹の横顔を、素直に見つめてしまったが、ふと我に返る。

自分はただのなりゆきの婚約者で、一年で結婚生活を終える、ただの契約相手だ。瑞樹が特別な感情を抱く相手ではない。

（そうよね……なに考えてるんだろう、私。これは嘘。彼の気持ちも嘘、私たちは契約の関係なんだから！）

一瞬心が揺れた玲奈だったが、そう何度も自分に言い聞かせ、慌てて気を引きしめた。

「そう……。よかったわ」

だが藍子はそれを聞いて、満足したようににっこりと笑顔になり、それから唐突に、隣の時生の顔を覗き込んだ。

「とりあえずひと安心だけれど。うーん、それにしても、不思議ね。瑞樹のダメなところ、いったい誰に似たのかしら、若い頃のパパかしら？」

「ママ……そんなことを言って」

「あらあらウフフ〜、冗談よ、パパッ」

藍子はカップをソーサーの上に置いて、困り顔の夫の肩を叩いた後、テーブル越しに身を乗り出して玲奈の顔をじっと見つめた。

「まぁ、でも結局、こうやって結婚するって、ちゃんとした、しかもすっごくかわいらしい、素敵な女性を連れてきてくれたんだもの！　終わりよければすべてよし！　瑞樹にもちゃんと人を見る目があったってことだわ、よかったわ〜！　ねーっ、パパ！」

「ああ。それはそうだな。安心したよ」

パパとママと呼び合う、まるで少女のような藍子と、それに振り回されることに慣れている時生の様子を見て、玲奈は自然と笑顔になった。

（本当に仲がよくて、楽しいご夫婦なんだなぁ……）

このふたりから、瑞樹が生まれたと思うと、少し不思議な気持ちになった。

それから二時間ほど藍子主導で話は進み、結婚の挨拶はお開きとなった。

「もう帰っちゃうなんて、寂しいわ～」

玄関まで見送りに来た藍子が、つまらなそうに唇を尖らせる。

「今日は挨拶でお伺いしましたので、また改めて遊びに来ます」

「ほんと、約束よ？」

藍子にグイグイと指切りをさせられて、玲奈は笑ってうなずく。

「じゃあ、父さん、母さん。また」

瑞樹は手をひらっと振った後、実に自然な流れで、玲奈の手を繋いで歩き始める。

（またさらっと手を繋いでる！）

驚いたが、ご両親の前でさすがに振り払うことはできない。仕方なく、そのまま彼の隣について歩いた。

（手……大きいな）

瑞樹の手は大きく、すっぽりと玲奈の手を包み込んでしまう。

半歩先を歩く瑞樹を見上げると、風にさらさらと髪がなびく姿が、すぐそばにある。

彼の長いまつ毛がよく見える。

（瑞樹さん、今も昔も、めちゃくちゃモテてるみたいだけど、本当の意味で誰かを好

きになったことはないんだっけ）

確かに過去、真剣に人を好きになったことがあれば、知人でも友人でもない、ほぼ他人同然の玲奈と、契約結婚しようなどという気持ちは、湧いてこないはずだ。

（どうして誰のことも本気にならないんだろう……？）

少し考えて、なんとなく思うことがあった。

過去の素行の悪さを、多少知られているとはいえ、瑞樹は両親相手でも、南条家の御曹司らしく振る舞っていた。心身ともに、身についているのだ。

環境によって、高度に洗練されてしまった瑞樹は、他人の心をつかむのになんの苦労もない。誰を相手にしてもそつなく振る舞うため、好かれるし、人が集まってくる。どんな悪い噂が広まっても、結局目の前の相手を魅了してしまう。

だから瑞樹は、とりあえず、その中で誰かとくっついたり、離れたりする。別れたとしても、傷つく間もなく、また誰かが近づいてきて、同じことの繰り返し——。

いくらモテるといっても、それは彼がすべての人間に、ある意味無関心ということにも似ているかもしれない。

そう思うと、この御曹司の普段の言動に、納得する部分もあった。

（次元は違うかもしれないけれど、私だって似たようなものよね……。ずっと誰のこ中学校からずっと女子校育ちで、思春期の間、女の子しか周りにいなかった。友達と彼氏が欲しいと騒ぐことはあったが、欲しいと騒いでいる状況が楽しかったのであって、本気で彼氏が欲しかったのかと聞かれれば、怪しいものだ。

社会人になれば、なんとなく誰かと付き合ったりするのかと思ったが、職場の男性と、そこまで親しくなることも、興味を持つこともなかった。玲奈は家族と友人だけの小さな世界で、満足していた。

取り立ててパッとしない、平凡な人生かもしれない。そしてつい最近まで、それでいいかな、となんとなく受け入れていたのだ。

こんな自分だから、両親やしっかり者の姉からしたら、心配で仕方なかったのだろう。その点は自分でも反省する部分がある。

だが、これから来年、瑞樹と結婚して、離婚してもまだ二十代後半。人生をやり直すには遅くないはずだ。

(せめて期間限定の契約結婚は、頑張らなくっちゃね!)

玲奈は決意も新たに、契約結婚への階段を上ることを決意した。

それから地下の駐車場でフェラーリに乗り込んで、シートベルトをつけていると、疲れのせいか、突然「ふわ……」とあくびが出た。

「ん？」

運転席の瑞樹がちらっと玲奈を見てきたので、「あ、ごめんなさい……ちょっと気が緩んだのかも」と、瞼をこする。

結婚すると決めてから、今日まで約三週間だ。瑞樹の両親に挨拶をするという最初の難関を超えて、一気に緊張の糸が切れたのかもしれない。

「目を閉じてろよ。ついたら起こしてやる」

「んー……でも」

瑞樹には家のすぐそばまで、送ってもらうことになっていた。だが、助手席で眠られると、運転する人は困るだろう。

「大丈夫……」

「いや、いいから。疲れてるんだろ。気にするな」

瑞樹が車のエンジンをかける。心地いい振動と音が全身を包むと、途端に眠くなってきた。

「ありがとう……」

結局、睡眠欲には勝てず、玲奈は素直に目を閉じていた。

だが玲奈はこの時の選択をすぐに後悔することになる——。

「ん……」

どうやらかなり、ぐっすり眠ってしまっていたようだ。意識が深いところから、上昇していくのがわかる。

背伸びしたい気分になって、そのまま寝返りを打つと、上等なスプリングの感覚が、全身を包む。

(気持ちいい……)

玲奈はふわふわふわした気分のまま、さらにまた、ゴロンと、寝返りを打つ。

「——ん?」

(なんだか広すぎる……)

「って、ここ、どこ⁉」

脳が一気に覚醒(かくせい)する。跳ねるようにして飛び起きて、玲奈は驚愕(きょうがく)した。

十五畳くらいの広い部屋の真ん中に、キングサイズのベッドが置いてあり、枕元には揃いのナイトテーブルと、照明が配置されている。壁紙は枕元側だけがストライプ柄で、その他はシンプルなクリーム色。足元側の壁に、大きな抽象画が飾ってある。

ベッドから降りてカーテンを開けると、パッと東京の夜景が目に入った。

二十階くらいあるのではないか。かなり高い建物のようだ。

「えっと……どこかの……ホテル？」

混乱しながらドアを開けると、三十畳はありそうな、広いリビングダイニングが広がっている。真っ白で大きなソファーとクッション、ローテーブル、飾り棚があるばかりで、生活感がない。まるでモデルルームのようだった。

「マンション……？」

「──起きたのか」

「ひゃっ」

突然声がして、ビクッと驚いて振り返ると、バスローブ姿の瑞樹が、タオルで髪をゴシゴシと拭きながら立っていた。

「ななっ、なな、ななっ……！」

バスローブから見え隠れする彼の体は、肌がかすかに上気して、しっとりと濡れた肌が妙に色っぽい。玲奈の身内に、バスローブを着る男性などいないので、当然、生まれて初めて見る、あられもない異性の姿だった。

みるみるうちに顔に熱が集まり、思わず叫んでいた。

「なんて格好してるんですか！」

そして両手で顔を覆った。

「シャワーを浴びただけだろ」

瑞樹はふっと笑いながら玲奈の横を通り過ぎ、寝室の隣の部屋に入ると、白いTシャツとネイビーカラーのイージーパンツに着替えて戻ってきた。そしてリビングから続くキッチンへと向かい、冷蔵庫からミネラルウォーターのペットボトルを取り出した。

「っていうか、ここ、どこなのっ！」

「俺んちだけど」

水を飲みながら、玲奈の間抜けな質問に、瑞樹はさらっと答える。

「俺んちって……どうしてあなたの家に来てるのよ！」

玲奈は頬を膨らませながら、冷蔵庫の前に立つ瑞樹に詰め寄る。

すると瑞樹は、ふっと笑って怒り心頭の玲奈を見下ろした。

「あんまり気持ちよさそうに寝てるから、起こすのがかわいそうになったんだ」

「かわいそうって……」

一瞬誰のことを言っているのかと思った。

呆気にとられた玲奈は、ポカンと口が開く。

「俺のベッドルームを使わせてやったんだ。おかげで熟睡できただろう」

「まぁ、それはそうだけど……」

どうやらあの豪華な寝室は瑞樹のものだったらしい。

どこまで本気なのかはわからないが、眠さに負けたのは事実なので、玲奈はゴニョゴニョとごまかすようにうつむいてしまった。

(でもどうやって……？)

玲奈はベッドの上にいたのだ。

「私、車からどうやって歩いてきたんです？」

「普通に俺が、お前を抱きかかえて運んできた」

「えっ！」

あっけらかんと答える瑞樹に、またひっくり返りそうになった。

「だって私、それなりに体重あるしっ……」

身長は百六十センチと少し。体重だって五十キロと少し。いたって標準体型だ。

瑞樹が普段付き合っていたような、すらっと長身なのに四十キロしかないモデルとはわけが違う。

「なんだ。そんなことを気にしていたのか」

瑞樹はペットボトルを左手に持ったまま、玲奈の腰を右手で抱き寄せると、顔を近づけてきた。

「別になんともなかったが。まぁ、気になるんだったら、褒美をよこすべきだな」

「褒美ってそんな勝手すぎるのでは……」

そもそも部屋で寝かせてくれと、頼んだ覚えはない。

玲奈は唇を尖らせたが、至近距離の瑞樹の顔、そして額に触れる彼の吐息——甘やかに輝く、少し色素の薄い瞳の奥に、自分の影が映っているのが見えて、ドキッとした。

ここは瑞樹の部屋で、ふたりきりだ。意識するなというほうが無理だ。

(ダメだ、帰ろう、ここはもう帰るしかない!)

「あのっ……」

意を決して、帰宅する旨を口にしかけた玲奈だが。

「あー……腹減った」

瑞樹が、急に疲れたようにため息をついた。

「へっ……?」

「昨日の夜からなにも食ってない。褒美はそれでいい」

瑞樹はそのまま崩れるように、玲奈の肩にコテンと額をのせたのだった。

帰るつもりが、お腹を空かせた御曹司のために、食事を作ることになってしまった。

（なんでこんなことに……）

そう思いながら冷蔵庫の中を見ると、意外にも調味料や冷凍野菜、卵などが入っていた。

「もしかして、自炊してます？」

瑞樹と自炊がまったく結びつかなかったので、驚いたのだが、彼はまさかと肩をすくめる。

「たまにうちから家政婦が派遣されて、勝手に作っていく」

「ふぅん……なるほど。ちなみに普段は家でなにを食べてるの？」

会食が多そうな瑞樹のことだから、さぞかし口が肥えているのだろうと思ったのだが、

「デリバリーのピザ」

「ふぅん……えっ⁉」

聞き捨てならない返事が返ってきて、驚いた。

振り返ると、瑞樹はずらりと複数のピザ屋のパンフレットを広げて、自慢げに見せてくる。本当に常連らしい。

「ジャンクフードも食べるんですね……」

少し意外だったが、それを聞いて、瑞樹はどこか遠い目をしてため息をついた。

「子供の頃はこういうの食わせてもらえなかったんだよな。体に悪いって」

南条家のように、家政婦さんに囲まれた生活では、デリバリーピザなどもってのほかだったに違いない。

「ああ……うちもそんな感じでした」

玲奈もまた、小さい頃はチョコレートを食べさせてもらえなかった。お小遣いをもらうようになってから、こっそりチョコレートを買って食べていたのだ。まさかの共通点に、玲奈はなんだか急に瑞樹に親しみを感じた。

(意外に、そういうところは普通の感覚もあるんだ……)

「まぁ、ピザでもいいんだが、今日はもう少しあっさりしたものが食べたい」

「あっさり?」

(たいていのものは、ピザよりあっさりしてるわよね……。要するになんでもいいってことかな？）

　自分の作る料理がこの御曹司の口に合うのかは謎だったが、普段ジャンクなものを食べているというのなら、そう緊張することはなさそうだ。

「わかりました」

　玲奈はこくりとうなずいて、それから「ちょっと」と瑞樹を手招きした。

「どうした？」

　不思議そうに瑞樹が近づいてきたので、彼の手をつかんで引き寄せる。

　その瞬間、一瞬どうしたという顔をした瑞樹だが、

「ああ……ようやくお前も、積極的に楽しむ気になったのか」

と、がらりと表情を変え、艶然と微笑んだ。

　こんな風に微笑まれたら、どんな女の子だってドキッとするかもしれない。だが今日の玲奈は違った。

「そうですね。こういうことはいっそ、楽しんだほうがいいですよね」

　そう言って、引き寄せた瑞樹の袖口を何度か折り曲げ始める。

「なんだ？」

　突然腕まくりをされて驚く瑞樹に、玲奈はあっさりと言い放った。

「あなたも、夕食の準備を手伝うんです」

「はあぁっ？」

その時の顔を、玲奈は一生忘れないだろう。

ぱっちりとした目はさらに大きく見開かれ、絶句して硬直している。ハトが豆鉄砲をくらったようなと言うが、まさにそれだった。

（御曹司の、おもしろい顔を見てしまった）

内心やってやったぞと思う玲奈である。

常々ビックリさせられてばかりだったが、今ばかりは、立場が逆だ。

「俺が、料理？」

「ええ」

続けて玲奈は畳みかける。

「あなたは死ぬまで、キッチンには立たなくてもいい人生かもしれないですけど、覚えていて悪いことはないと思います。さ、教えてあげますから、一緒にやりましょう。やってみれば意外に楽しかったりしますしね」

玲奈は、怪訝そうな表情の瑞樹に、にっこりと微笑みかけたのだった。

それから瑞樹は危ない手つきながらも、玲奈の指導のもと、生まれて初めて包丁を握った。

力任せに包丁を押さないでとか、野菜はもっと優しく洗ってとか、まるで子供相手だが、同居している姉夫婦の小学校三年生と二年生の娘たちに、普段から包丁の持ち方や料理を教えているので、それほど面倒だとは思わなかった。

むしろ、ものすごく真剣な顔をして、背中を丸めてトマトを切る瑞樹を見て、微笑ましい気分になったくらいだ。

「――できましたね」

「ああ……」

そうやってふたりで作った夕食は、クラブハウスサンドイッチだ。具材は、たっぷりのレタス、トマト、ベーコンの層と、黒コショウを多めに振りかけて焼いたチキン、裏表焼いた目玉焼きの二層だ。一緒にキャベツのコンソメスープも作った。

「やってみれば簡単でしょ？」

真面目に、カウンターテーブルの上の皿を見下ろしている瑞樹にそう言いながら、スープをよそう。

「サンドイッチか……」

野菜たっぷりでも、食べごたえのあるサンドイッチなら、瑞樹も喜ぶのではと思ったのだが、この様子を見ると正解のようだ。かなりいい笑顔を浮かべている。

なんだか珍しいものを見たような気がして、玲奈は瑞樹の様子を見つめる。目が離せなくなった。

「ふむ。それにしても、なかなかの力作だな。切り口が美しい」

瑞樹はそうやってしばらく皿を眺めていたが、ぱっと身を翻していなくなり、スマホを持って戻ってくるや否や、椅子に座ってパシャパシャと写真を撮り始めた。

「SNSにでもあげるの？」

とりあえず瑞樹の隣に座って問いかけると、

「いや。閑に送ってやるんだ」

瑞樹がワクワクした様子で答える。

「シズカ？」

突然出てきた女性の名前に、玲奈の心臓がドキッと跳ねた。

「閑は、昔馴染の弁護士だ」

「ああ……幼馴染の」

契約結婚の書類は、幼馴染の弁護士に作らせたと言っていたはずだ。

そしてなんとなく、瑞樹の幼馴染にふさわしい、すらっとしたパンツスーツ姿の美人を頭に描いて、モヤモヤしたものが胸に広がる。

「ちなみにその……シズカさんってどんな人なんですか？」

別に自分を卑下するわけではないのだが、そんな優秀な幼馴染がいたら、技術も頭脳もない自分のような人間は、彼からどう見えるのだろうか。そんなことが気になったのだ。

すると瑞樹は一瞬スマホを触る手を止めて、考えるような仕草をした。

「そうだな……いつもニコニコしてて、機嫌がよさそうだな。ぽわーんとして能天気に見えないこともないが、仕事はできるし、柔軟性がある。頭がいい」

「へぇ……素敵な人なんですね」

なぜだろう。いい話を聞いたはずなのに、テンションが下がった。

（そんな優秀な弁護士さんと、自分を比べる意味なんてないのに……なんでかな）

するとスマホを操作していた瑞樹が手を止め、隣の玲奈を凝視する。

「なんだ。やきもちか」

「やあっ⁉」

玲奈の声がひっくり返った。本気で驚いたのだ。

「なんですか、やきもちって！　そんなことあるわけないでしょ！」

大きな声を出してしまったが、顔にどんどん熱が集まっていくのがわかる。

「いや、明らかに気にしてただろ、閑のこと」

瑞樹はスマホをカウンターに置いて、ニヤニヤしながら玲奈の顔を下から覗き込んできた。その顔に、玲奈をからかう絶好の機会だと書いてある。

だが玲奈としては、妬いていたなど、とても受け入れられない。そんなことは絶対にあり得ない。

だから慌てて、必死に、否定した。

「違いますー！　どんな人なのかなって、普通に興味があっただけですっ！　さっ、スープが冷めますよ、いただきますっ！」

玲奈は若干けたたましい勢いでそう言い放つと、皿の上のクラブハウスサンドイッチをつかみ、かぷりと噛みついた。

「あっ、美味しい……」

お腹が空いていたのか、いざ食べてみると、口いっぱいに美味しさが広がっていく。

思わず目を丸くすると、

「――だろう。俺が作ったんだし」

と、瑞樹に自慢げに言われてしまった。

「なに言ってるの、教えたのは私ですよね？」

玲奈は頬を染めたまま、モゴモゴとつぶやき、「でも、本当に美味しいですよ」と笑った。

「そうか……」

玲奈の横顔を見て、瑞樹はふっと笑って目を細める。

その表情はなにか言いたげでもあったが、玲奈は彼の視線の意味に、気づくことはなかったのだった。


気がつけば時間は夜の九時を回っていた。

「やっぱり、帰るのやめろよ」

運転席の瑞樹の第一声は、どこか熱を帯びているように聞こえた。

これより一時間ほど前、夕食の後片付けをして、さぁ帰ろうというところで、『泊まっていけば』と言われたのだ。

冗談だとわかっていたが、当然玲奈は『帰ります』と即答した。

そして車で、下町にある我が家のすぐそばまで送ってもらったが、ここにきてまたそんなことを言われると、戸惑ってしまう。

「な……なに言ってるんですか。冗談やめてください」

玲奈は笑って、シートベルトに手をかける。

もうすぐそこ、十メートル向こうの突き当たりが、玲奈の自宅だ。

(なのに帰るのやめろなんて……どうしてそんなことを言うんだろう)

この御曹司は危険だ。

とりあえず中身は置いておいて、男として最上級だからだ。

なぜ彼がそんなことを口にしたのか、わからないが、一刻も早く車から降りるべきだと、玲奈の本能が危険信号を発している。

「冗談じゃない」

先にシートベルトを外した瑞樹が、モタモタしている玲奈に体を近づけた。そしてシートベルトを外そうとする玲奈の手の上に、大きな手を重ねる。

その手は熱く、昼間に繋いだ時よりも、ずっと体温が高い気がした。

「今日、実家で言ったのは嘘じゃない」

「実家って……」

問いかけながら、すぐにわかった。

瑞樹が玲奈と結婚しようと思った、きっかけの話だ。

「あの状況で俺にハンカチを差し出したことも、契約書の草案に、寝室を別にすることを付け足せと言ったことも、お前という人間が、おもしろいと思ったきっかけだ」

「い、いやちょっと待ってください、おもしろいってそんなの、気のせいですよ。一時の気の迷いですよ、だって私、合コン十五回全滅女なんですよ？」

この男の周りの女性が若干特殊なだけで、自分はいたって普通だ。その違いを瑞樹は勘違いしているだけだ。

（そう、私は合コンでもまったく相手にされない、おもしろい話題も提供できない、コミュニケーションもうまく取れない、つまらない女なんだから。ちょっと毛色が違うからってだけでちょっかいかけられたって、最終的に傷つくのは私だけなんだから……！）

玲奈はそうやって自分に言い聞かせながら、瑞樹から距離を取ろうとするのだが、

「それは男どもの目が節穴なだけだろう」

瑞樹は軽く首を振る。

「今日の料理のこともそうだ。女はみな俺に手料理を振る舞いたがるのに、お前は、俺に料理をしたほうがいい、教えてやるから一緒にやろうと言う。俺にそんなことを

言う女はお前が初めてだ……だから」

じわじわと、玲奈の体の中で、焦りと、心がひりつくような痛みが生まれ始めていた。

「もうやめてっ……」

半ば、叫ぶように瑞樹の言葉を遮っていた。

彼が怖かった。彼の目が、言葉が、魅力的だから、恐ろしかった。

(これ以上、彼の言うことを聞いてはいけない……だけど、間が持たない……黙ったら最後、流されてしまいそうな気がする)

停車している車の横を、どんどん車が通り過ぎていく。ヘッドライトの明かりが、彫りの深い瑞樹の顔を明るく照らす。

その一瞬、時が止まったような気がした。

今までたまに感じていたような、自分とは違う世界にいたはずの瑞樹と、現実に視線が絡み合ったような、不思議な感覚を覚えた。

「お前が欲しくなった」

その眼差しがあまりにも真剣で、玲奈は言葉を失った。

心臓をその手でつかまれたような、そんな気がした。

「ほっ、欲しくなったって……」

玲奈はかすかに震えながら首を振った。

この期に及んで、騙されているとか、嘘だとか、思っているわけではない。おそらく彼の言葉は本心なのだろう。そもそも瑞樹が嘘をつく必要などどこにもない。

そして本心だからこそ、胸を打つし、心が震えるのだ。

（だけど……それは今、この一瞬だけのものでしょう？）

契約結婚という、常識外れのことを画策したせいで、いつもの冷静さを失い、そしてちょっとだけ目新しい女に、興味を持っているだけだ。そうでなければ、この底なし沼と呼ばれる男が、自分のことを好きになるはずがない。

「玲奈、お前が欲しい」

「そんな簡単に、言わないでっ……！」

「だが俺は、他の言葉を知らない」

拒む玲奈を、瑞樹はドア側のシートの背をつかんで、腕の中に閉じ込める。

「欲しいものは欲しい。お前を俺のものにしたいし、するんだ。そう決めた」

その言葉ははっきりと、玲奈に向けられている。瑞樹の全身全霊が玲奈を求めているのが伝わってきて、玲奈は余計に戸惑うばかりだった。

「で、でもっ、私はあなたと本気で、夫婦になる気なんかないの！　お互い納得の上で、契約書にサインしましたよね⁉」

親が勧める見合いが嫌で契約結婚をするのに、その相手と本気で結婚するなんて、本末転倒ではないか。それに、すでに契約書にはふたりでサインをして、弁護士に預かってもらっているのだ。

「ああ。そうだな。それはわかっている。だが、好きになってはいけないという条項は入っていない。俺がお前にどんな感情を抱いても、自由だ。気持ちは自由なんだ。だから手順を踏んでお前を落とすことにする。結果、お前が俺を好きになれば、すべてが丸く収まる。問題ないだろう」

「収まる……？」

一瞬呆気にとられた玲奈に、瑞樹はにっこりと笑う。

「そうだ。覚悟しろよ。俺は今日から全身全霊をかけて、お前を口説くからな」

そしてそのまま彼は――とてもナチュラルに玲奈の唇の上に、キスを落とした。

それはかすかに触れるだけの一瞬のものだったが、

「な、なにするんですかっ……！」

「今日は一日中ずっと、俺にキスされるかと思ってドキドキしてただろ。だから期待に応えてしてやったんだ」

いたずらっ子のように微笑まれて、頭に血が上った。

「馬鹿っ！」

玲奈は瑞樹を突き飛ばし、シートベルトを外して、ドアを開けながら叫ぶ。

「やっぱり最低！　自分勝手で、強引！　世界中の女は、みんな自分を好きになるって思ってるんでしょう！　でもおあいにく様、一年後にはさっぱり別れて、私は私の人生を生きてやるんだから！」

結構な暴言を吐いたと思うが、それを聞いて瑞樹はなぜか嬉しそうに笑う。

「お前くらいだぞ、俺にそんな態度をとるのは」

「ああ、そうですか！　呆れてくれて構わないからっ！　ふんっ！」

玲奈は怒り心頭のまま、力任せにドアを閉める。そして車内からは、上機嫌で、笑う声がした。


そんな風に別れはしたものの――。

当初の予定通り、翌週の土曜日の夕方、玲奈の家に瑞樹が挨拶に来た。

紺色のさわやかなセットアップに身を包んだ瑞樹は、誰もが見惚れずにはいられない華やかな笑顔を振りまいた。そして多彩な話術で、両親どころか、祖母、姉、そしてその子供たちである小学生の、イケメン大好き姉妹まで虜にした後、

「玲奈さんと結婚することをお許しいただけますか？」

と言い、「もったいないお言葉！」と、両親を涙ぐませた。

祖母は「ありがたいねぇ～寿命が延びるわぁ～」と手を合わせていたし、七つ年上の姉まで、「すてきっ……」とつぶやいて目をハートにしたのを、玲奈は見逃さなかった。恐ろしいくらいあっという間に、藤白家は瑞樹歓迎の色に染まってしまった。

「ずいぶん楽しそうじゃない……」

玲奈は台所で空いた食器を洗いながら、客間から聞こえる楽しそうな笑い声に、行き場のない苛立ちを覚えていた。

（義兄さんが出張でいないからって、お姉ちゃん大はしゃぎだし……戻ってきたら、言いつけてやるんだからっ）

話はとんとん拍子で進んで、結婚は来年の春頃ということになり、晴れて瑞樹と玲奈は、婚約者になった。

先週あんなことがあったばかりだが、玲奈は契約結婚を今さら取りやめるつもりはない。来年の春まで婚約者生活を送って、結婚して、一年後には離婚だ。

（っていうか、あの人、うちの家族に馴染みすぎでは……？）

家族全員が緊張していたはずの挨拶の場は、気がつけば飲みの席になっていた。

とにかく瑞樹のコミュニケーション能力の高さは、驚くべきものだった。

瞬く間に両親、姉、祖母の緊張を取り去り、旧財閥系御曹司という仮面を外すことなく、子供相手にも、親しみやすいキャラクターのように振る舞い、家族の心をあっという間につかんでしまったのだ。

玲奈に対して過保護ぎみな両親も、さすがに娘が連れてきた男が南条グループの御曹司となると、文句のつけようがないようだった。むしろこちらが釣り合わないと、やきもきしていたようだが、『玲奈さんを大事にします』と言い切ってはばからない瑞樹という男に会ってみると、そんなことはどうでもよくなったらしい。

そのくらい、南条瑞樹という男は、圧倒的なカリスマ性を持っているのだろう。

（それにしたって、私以外で盛り上がるってどういうことなのよ〜！）

半分苛立ちながら、ガチャガチャと食器を洗っていると、

「玲奈」

耳元で低い声がして、背後から腰に手が回った。

「ひゃっ……！」

驚いて皿を落としそうになった。

振り返るとすぐ後ろに瑞樹が立っている。ハッとするくらい素敵だし、男前だ。ジャケットを脱いで、ネクタイを外したベスト姿だが、シャツのボタンをひとつ開けていて、妙に色っぽい。

「ちょっ、ちょっと、なんですか、急にっ！」

「戻ってこないから、様子を見に来ただけだ」

瑞樹は、そのまま唇を首筋に触れるほど近づける。

振り払いたいが、残念ながら両手は泡だらけで、塞がっている。

「お前、ドキドキしてない？」

「しっ、してませんっ！」

後ろからぴったりと体をくっつけられて、正直言って心臓がバクバクしてポーンと口から飛び出しそうだ。だが、ドキドキしているなんて言いたくない。瑞樹を意識していると思われたくない。

(これは私に経験がないからで、瑞樹さんが好きだからじゃないし！)

玲奈は、ふんっと顔を前に向けて、また食器を洗い始める。

「なんだ、そうなのか。だったらこのままでもいいな」

そう、からかうように告げる瑞樹から、かすかにアルコールの香りがした。

「あっ、もしかして飲んでます……？」

「飲まされたと言え」

「ああっ、すみません、本当にうちは、お調子者というか、ノリだけで生きてるというか……」

玲奈は慌てて謝罪した。

母はまだしも、父と姉は酒豪で、お酒の席が大好きで騒ぐのも大好きという、厄介(やっかい)なタイプの人たちだった。瑞樹も未来の義理の父と姉には逆らえなかったのだろう。

「飲ませないように言ってたのに……本当にごめんなさい」

後ろから抱きしめられたままそう言うと、

「別に構わん。泊まることになったしな」

「とま……ええっ？　うっ、うちにですか⁉」

「ああ。俺はこういう時、遠慮しないタイプなんだ」

瑞樹は慌てふためく玲奈を抱く腕に、力を込めた。

（そっか……泊まるんだ……いやでも、別におかしなことじゃないよね……明日は日曜日だし。飲ませたのはお父さんなんだし……そっか……）

別に同じ部屋に眠るわけではない。部屋はたくさんあるのだ。とはいえ、ひとつ屋根の下と思うと、緊張する。

あれこれ考えていると、

「——どうした、手が止まってるぞ」

背後から低いささやき声がした。

「あっ……そうですね」

気を取り直してスポンジを握ったところで、首筋にチュッと唇が触れた。瑞樹がいたずらでキスをしたのだ。

「ひゃっ……！」

「悪い。したくなった」

その声は非常にあっけらかんとしている。

「ちょっと……！　全然悪いって思ってないでしょう！」

「まぁな。思っているわけないよな」

ククッと喉を鳴らすように笑い、瑞樹は大きな手のひらで、真っ赤になって抗議する玲奈の腰を撫で、それからするりと、体の前に持っていく。まるで巨大な猫にすり寄られているかのようだ。

「ちょっ、やめてくださいっ！」

「なんで」

「抵抗できない状況で、こういうことするのは、ダメなんですっ！」

「わかった」

あっさり言われて驚いたが、わかってくれたのなら、問題はない。

体から手が離れ、ホッとした瞬間、瑞樹の手がそのまま洗い桶の中に入っていく。

「えっ、ちょっと？」

「手伝ってやるから、さっさと終わらせろ。抵抗できる状況になってから、やり直しだ」

「はぁっ？」

呆気にとられる玲奈をよそに、瑞樹は背後から二人羽織りのような体勢で、食器を洗っていく。だがガラスのコップの中に、スポンジを持った手が入らない。

「ん？」

手が大きいせいだろう。どうしたらいいのかわからないらしく、瑞樹の手が止まった。

「あっ、それは私が……」

代わりにやろうと手を出そうとすると、なぜか瑞樹はサッとコップを持ち上げて、触らせようとしない。

「なんでそんな意地悪するんですか？」

「なんとなく」

「なんとなく？　なんとなくとかあります？」

目を丸くする玲奈に、瑞樹はククッと笑って、「お前がそうやって表情をころころ変えるのが、見ていておもしろいんだ」とささやいた。

「また、おもしろいとか言うし……」

おもしろいからからかうなんて、小学生男子かと思う。

玲奈がため息を漏らして、唇を尖らせると、

「玲奈、こっちを向け」

甘く低い声で、瑞樹がささやいた。

「はい？」

こういうところが、我ながら本当にうかつなのかもしれない。

玲奈が肩越しに振り返ると同時に、瑞樹が覆いかぶさるようにして顔を近づけてくる。そしてあっという間に、唇が塞がれてしまった。

「んっ……」

ビクッと体を震わせると、瑞樹が唇をほんの少しだけ離して、笑う。

「ほらまた、変わった」

瑞樹の瞳が、熱っぽく潤む。

この美しい男にこんな顔をさせるなんて、いったい自分はどんな顔をしているのだろう。

玲奈はなんだか自分が、いけないことをしているような、落ち着かない気分になる。

「変わった……？」

「ああ。なんというか……男としてかなりそそられるし、強引にでも、どうにかしたくなる……だろ？」

瑞樹は持っていたコップとスポンジを、置いた。

「たまらないな」

そしてそのまま、泡だらけの手で、玲奈の腰をつかみ、もう一方の手で顎を持ち上げ、覆いかぶさるように口づけてきた。

「待って……っ」

ほんの一瞬、唇が離れた瞬間に胸を押し返す。

ここは自宅の台所で、少し離れてはいるけれど、客間には家族がいる。

「やだね……お前が欲しい」

瑞樹は少し早口でそう言うと、また噛みつくようにキスをした。

さらさらと、瑞樹の黒髪が、玲奈の頬にこぼれ落ちるくらい深いキス。熱い舌が唇を割り、玲奈の舌をからめとって、吸い上げる。

強引だが乱暴ではない。スマートで、でも情熱的で甘い口づけに、玲奈は眩暈すら覚えた。だんだん自分がなにをしているのか、夢の中の出来事のようで、わからなくなってくる。

おそらく、ほんの数分のことだったけれど、玲奈には甘く長い、陶酔の時間だった。

「はぁ……」

唇が離れてから、息を吸うと、「玲奈」と瑞樹が名前を呼んだ。そのまま頬を指で撫でながら、目を細める。

「……頬が泡だらけだ」

「そっ、それはあなたがそんな手で私を触るからで……」

言い返しながらも、見れば瑞樹の前髪にも、泡がついていた。

「あっ、そういう瑞樹さんもついてる」

「どこに？」

瑞樹が首をかしげて、頬に触れるが、余計な泡がつくだけだった。

その端整なくせに、怪訝そうな表情と、顔についた泡がミスマッチで。

玲奈は、つい、ふふっと笑い出してしまった。

「ここですって」

まるで子供みたいだと思いながら、玲奈は指の背で、瑞樹の髪と、頬に触れて、泡を拭う。

すると瑞樹が、一瞬目を見開いた後、まぶしいものでも見るように、玲奈を見つめる。それからなぜか、軽くため息をついて、目を伏せささやいた。

「――もっと俺に触れてほしい……」

それはとても小さなささやき声で、玲奈の耳にはしっかりと聞こえなかった。

「え？」

「なんでもない」

瑞樹は笑って目を開けた後、今度は両手で、玲奈の頬を包み込んだ。

「今、笑ったよな」

「えっ？」

「今、俺に笑いかけただろう」

「笑いかけたって……」

いや確かに笑ったが、笑いかけたかと言われると、ニュアンスが違うような気がする。

だが瑞樹はそうは思わなかったようだ。

「お前が笑う顔が見たい」

情熱的に瞳をきらめかせて、そのまま玲奈の額に顔を寄せた。

「もっと笑えよ。俺に、俺だけに……」

瑞樹が声をひそめると同時に、急に、辺りがシンと静かになった気がした。

なのに——。

ドッ、ドッ、ドッ……。自分の心臓の音だけがうるさい。

(目が離せない……)

見てはダメだと何度も思うのに、どうしても見てしまう、瑞樹の瞳。

もしかしたら魔力でもあるのではないか——。

自分はすでにその魔力にとらわれているのではないか。

そんなことを思ってしまう。

　だがその静寂は突然破られた。

「瑞樹さーん！　まだまだ、休憩はダメですよ〜！　一緒に飲みましょうよ〜！」

姉、菜摘のご機嫌な声と、ドッタンバッタン、廊下をスキップをしながら近づいてくる足音が聞こえた。完全に酔っ払いだ。見なくてもわかる。

「すぐに行きます！」

瑞樹は玲奈の肩に両手を置いたまま、声をあげると、玲奈の耳元に顔を近づけ、ささやいた。

「また後でな」

そして手早くタオルで手を拭き、台所を出ていく。

「瑞樹さん……」

玲奈はその背中を見送りながら、瑞樹の残した熱の名残を惜しむように、唇に指をのせていたのだった。


　祖母と姪っ子たちはすでに寝ていたが、宴会は深夜になっても続いた。

　玲奈は片付けだけでもと思い、起きていたのだが、日付が変わる前に、母に言われて先に風呂に入り、二階の自室で休むことにした。

「先に寝ていいの？　それ、洗おうか？」

ピンクのパジャマに着替えた玲奈は、台所で洗い物をしている母に尋ねる。

「いいわよ～。お母さんも、楽しいし。でも玲奈は疲れたでしょ。寝たほうがいいわ」

母はグラスを洗いながら、上機嫌でうなずいた。

「今日、隆くんもいたらよかったんだけどね」

「そうだね。きっと楽しかっただろうね」

隆くんというのは、姉の夫で陽気な人だ。お酒には弱いが人が好きで、今日も出張がなかったら、一緒に酔わされていたに違いない。

「じゃあ、おやすみなさい。お母さん、今日はありがとう」

玲奈は階段を上って二階の自室へと向かう。瑞樹の笑い声が聞こえてきて、思わず声のしたほうを振り返っていたが、もちろんそこには誰もいない。

「おやすみなさいくらい、言いたかったんだけどな……」

ぽつりとつぶやいて、ハッとした。これではまるで、自分が寝る前に瑞樹の顔を見たいみたいではないか。

「まぁ、最低限の礼儀としてだけどっ！」

誰が聞いているわけでもないのに、慌てて声に出して否定していた。

それに風呂上がりのピンクのコットンのパジャマ姿で、瑞樹の前に行くことはできない。普通に恥ずかしい。

「もう、いいや……寝よっと……ふわぁ……」

あくびをしながらベッドに潜り込み、電気を消した。

目を閉じると、相変わらず階下で、父が上機嫌で話している声が聞こえた。

静かな部屋よりも、少し人の声がするほうが、よく眠れるのはなぜだろう。

（なんだか、親戚が集まるお正月みたい……）

玲奈はそのままますうっと寝入ってしまったのだが——。

「な、玲奈……」

軽く頬を撫でられて、「うーん……」と身じろぎすると、頭上に人影があった。

「ひゃっ！」

手を伸ばし、ベッドサイドの明かりをつけると、厚めの白いTシャツにグレーのスウェット姿の瑞樹が立っていた。おそらく義兄のために用意していた新品だろう。安い量販店の商品だが、着ている人間がモデル級のスタイルなので、驚くくらいさまになっている。

だがこの状況は意味がわからない。

なぜ客室で眠るはずの瑞樹が、ここにいるのだ。

「なっ、なななっなんで……！」

玲奈はベッドから飛び起きた。

「風呂から出たら、菜摘さんにここで寝ろって言われたんだが。お前の部屋だよな？」

瑞樹は洗いざらしの髪をかき上げながら、ベッドサイドの明かりを頼りに、部屋の中を見回している。

十二畳の玲奈の部屋は、いたって普通だ。瑞樹の自宅の玄関より確実に狭い。まめに掃除をしているし、散らかってはいないが、本棚やクローゼット、小さい頃から大事にしているぬいぐるみなどが並んでいるので、生活感が少しばかり恥ずかしい。

「私の部屋って、そっ、そうですけどっ……ってか、お姉ちゃんったら……っ！」

きちんと客間を用意したはずなのに、姉は玲奈の部屋を案内したらしい。

「かなり愉快な姉さんだな」

瑞樹はサッとベッドに腰を下ろし、硬直している玲奈を見てニヤッと笑った。

「父は泥酔すると次の日の昼まで起きないので、安心してください、とまで言われたぞ」

「なあっ……！」

玲奈はプルプルと首を振った。

「それはダメ、ダメですっ！　っていうか、契約書に寝室は別って条件追加しましたよね!?」

「ああ。ふたりで住む家ではな」

「へっ……？」

「泊まりに出た場合は、一緒だろう……表面上は、仲のいい夫婦でいるべきだ」

そして瑞樹はふわわ、とあくびをして、そのまま玲奈のベッドに潜り込んできた。

当然、ゆるく押し倒されて、気がつけばすっぽりと腕の中に閉じ込められてしまい、玲奈の息は止まりそうになる。

お互いに着ているものはパジャマやTシャツで、密着度が高い。直接瑞樹の体温を感じて、玲奈は激しく動揺してしまった。

（ちょ、ちょ、ちょっと待って～！）

今日、両手を泡だらけにしたまま、台所でキスをして。お互いの頬につく泡を指で拭って。見つめ合い、また吸い寄せられるようにキスをしかけて――。

なにかが自分の中で、動いたような気がしたのだ。

それがなんなのか、玲奈にはわからない。

けれど、この状況は、さすがに無理だ。瑞樹はたぶん、手が早い。そしてその気になれば、玲奈など丸め込んでしまうだろう。

瑞樹とそういう関係になってしまったら――。

そのことを考えただけで、心臓が、ぎゅっと締めつけられる。

(怖い……無理！　ぜったいに、無理っ！　やっぱり客間に行ってもらおう。無理なら私が客間で寝よう！)

震えながらぎゅっと目をつぶっていた玲奈だが――。いつまで経っても、瑞樹はなにも仕掛けてこなかった。

「……あれ？」

おそるおそる目線を上げると、長いまつ毛を伏せて、すうすうと気持ちよさそうに、眠る瑞樹の顔があった。

「寝てる……」

首を回して壁にかかっている時計を見たら、深夜二時半の丑三つ時だ。

ついさっきまで、両親と姉に付き合ってくれていたのだ。疲れて当然だ。

申し訳ないやらなんやらで、玲奈は全身から力が抜けた。

(南条家の御曹司で……友人知人は、みんな当然、同じレベルの生活環境で……うち

みたいな、普通の家になんか、泊まったことないだろうな）

「――ん……」

瑞樹が軽く体をひねりながら、玲奈を抱き枕のように抱きしめる。

ビックリして逃げようとしたが、しっかり抱かれていて動けない。

「ちょっ……！」

どうにかして無理に距離を取ろうとした瞬間、ふわりと、彼の髪からローズの香りがした。

（あっ……同じシャンプーだ……）

玲奈の家の風呂に入ったのだから、それは当然なのだが、この男が文句ひとつ言わず、玲奈の家族に付き合ってくれたことは、やはり意外だった。

彼のコミュニケーション能力の高さなら、飲めと言われたってさらっと断れるだろうし、あの高層マンションに帰ることだって、まったく難しくないはずだ。

そうしなかったのは、もてなしたいと思う玲奈の家族の気持ちを汲み取ってくれたとしか、思えなかった。

彼は彼なりに、玲奈と結んだ契約を全うしようとしてくれているのだ。

（私が欲しい云々は置いといて……そうよね。とりあえず私だって、彼の婚約者とし

て振る舞わなくっちゃ）

じいっと瑞樹を見つめる。

起こすのもかわいそうだ。

「——まぁ、いっか」

玲奈は自分を励ますようにつぶやくと、そのまま目を閉じる。

瑞樹の体は大きく、温かい。

そっと胸に顔を近づけると、ほんの少しだけ、背中に回った瑞樹の腕に、力がこもった気がした。


翌朝——。

チチチ、と鳥の声がした。

「ん……朝……？」

目を開けると、ベッドに腰かけて、玲奈の顔の横に手をついている、瑞樹と目が合った。

「ひゃあっ！」

「おはよう」

「おっ……おはようございますっ……？」

心臓がバクバクと跳ねている。

驚きながら布団を引っ張り上げた。

一瞬、なにが起こったのかわからなくなったが、そうだった。彼は昨晩、我が家に宿泊したのだ。ワイシャツの代わりだろう、Ｔシャツを昨日のセットアップに合わせて着ている姿を見て、思い出した。

玲奈はごくりと息をのみ、相変わらず、じいっと顔を見つめてくる瑞樹を見返す。

「あの……ちょっと離れていただきたいんですけど」

いったいいつからこの状況なのか。おそらくそう長い時間ではないと思うが、さすがに寝顔を見られていたと思うと、恥ずかしくてたまらない。

「寝てると余計にタヌキだな」

瑞樹はふっと笑って、玲奈の額にキスをする。

「なんですか、タヌキタヌキって……！」

そして体を起こす玲奈の肩を抱きとめながら、壁の時計を見上げた。

時間は朝の六時半だ。

「朝早く、悪いな。仕事で戻らなければならなくなった」

「日曜日に仕事……?」

「残念ながら。大阪に出張だ」

瑞樹は、肩をすくめて立ち上がると、パジャマ姿の玲奈に一本の鍵を差し出した。

「これ、俺の部屋の鍵」

「えっ」

「婚約者なんだから、必要だろう」

「そう……だけど」

玲奈は戸惑いながら、瑞樹の部屋の鍵を受け取った。

来年の春に挙式をすると決まっている。玲奈は南条瑞樹の婚約者だ。

(私が、婚約者か……)

「──玲奈」

瑞樹はその場で大きく背伸びをした後、ベッドの縁に座って鍵を見つめる、玲奈の隣に腰を下ろした。

「どうだ」

「どっ、どうだって……?」

長身の体を折り曲げるようにして、瑞樹が顔を近づける。

「これから先の話だ。少しは俺のことを好きになりそうか？」

「なっ……！」

その瞬間、玲奈の顔が真っ赤に染まった。

そんなことを起き抜けに言われても困る。

「そもそも私っ、すすす、好きとか、全然わかりませんのでっ！」

そう、玲奈は恋を知らない。

この見た目だけは百パーセント極上な御曹司に迫られて、キスまでしておいてなんだが、彼のことを好きかどうかなんてわからない。今すぐ答えを出せと言われたら、困る。逃げるしかない。

そんな気持ちが、伝わったのだろうか。

「まぁ、そうだな。だが時間はある。じっくりやるさ」

瑞樹はふっと笑って、玲奈の頬に軽くキスをすると、「じゃあ行ってくる。またな」と部屋を出ていってしまった。

「あ……」

閉まるドアを、玲奈は膝に手をのせたまま、黙って見つめる。

（好きになるならないは置いといても……行ってらっしゃいって、言えばよかったな……)

三十歳になるまで、誰にも本気にならなかった極上の男。将来的に結婚するつもりもないから、期間限定の契約結婚をすると決めた、南条瑞樹。

その男に『お前が欲しい』と言われても、気持ちにブレーキがかかる。

この一瞬だけの思いかもしれない。すぐに飽きられてしまうくらいなら、瑞樹に振り回されることなく、当初の契約を全うしたほうが、ずっと精神衛生上平和だ。

けれど今、玲奈の脳裏によみがえるのは――。

キッチンで、泡だらけの手で玲奈を抱きしめ、キスをして、頬を撫でた瑞樹の熱を帯びた瞳と。

『たまらない』と吐き出すように言った、かすかにかすれた、甘やかな声。

(言えばよかった、じゃないよ……言うんだ!)

玲奈はベッドから勢いよく、すっくと立ち上がり、窓へと駆け寄ると、乱暴にカーテンと窓を開けて、身を乗り出した。

「瑞樹さんっ!」

叫んだ瞬間、玄関の前でタクシーに乗り込もうとしている瑞樹が顔を上げた。

「玲奈?」

明らかに、玲奈が窓から顔を出したことに驚いている。目が丸になっていたし、口が開いていた。

あんな顔をされると、自分が今から口にすることなど、本当にどうでもよく、つまらないことに思えて、『やっぱりなんでもないです』と言って、窓を閉めたくなる。

だがもう引き返せない。

玲奈はすうっと息を吐いて、そしてそのまま、瑞樹に向かって声をかける。

「き、気をつけて、行ってらっしゃい！　お仕事頑張って！」

ぶんぶんと手を振ったその瞬間、きょとんとしていた瑞樹が、パッと花開くように笑顔になった。

「ああ、行ってくる！」

そしてひらっと振った手を、そのまま口元に持っていって、投げキッスをした挙句に、ウインクで締めた。

ものすごくふざけているが、妙に決まっているし、やはり男前だ。

「もう、馬鹿みたいなことして……」

玲奈はクスッと笑って、手を振り返す。

瑞樹を乗せたタクシーは出発し、あっという間に見えなくなった。

（窓から行ってらっしゃいなんて、ちょっと恥ずかしかったけど……言ってよかった）

ホッとしつつ、窓の外を眺めていると、

「ふーん、本当にラブラブなんだぁ～」

突然背後から、忍び寄る影。

「ひえっ！」

驚いて振り返ると、エプロン姿の菜摘が、ニヤニヤしながら立っていた。

「なっ、お姉ちゃん、いつの間に！」

「いつの間にって～。玄関で見送ってたもん」

「あっ……」

確かに、菜摘は起きていてもおかしくない時間だった。そしてなにより、気が利かない妹に代わって、瑞樹のためにタクシーを呼んでくれたのだろう。

だがそれとこれは別だ。身内にそういうシーンを見られることほど、恥ずかしいものはないし、そもそもラブラブではない。

「いやいや、違うし。だって挨拶は、人間のコミュニケーションの基本でしょ⁉　あれはただのそういう挨拶で、そんなんじゃないし！」

「なに照れてんのよ～」

菜摘は丸みを帯びたボブカットの髪を耳にかけながら、じわりじわりと、窓辺に立ち尽くす玲奈に近づいた。

「いいじゃない、別に。ラブラブなんて、素敵じゃない」

そしてギュムッと、玲奈の体に正面から抱きついてくる。

「最初、あんたが南条グループの御曹司と付き合ってる、家に連れてくる、結婚するって言ってきた時、『あっ、これは大変！　妄想をこじらせて、夢と現実の区別がつかなくなってる！』って思ったけどさ」

「お姉ちゃん……さすがにそれはひどくない？」

玲奈はわりと現実的だ。日々の生活に妄想をこじらせたり、夢を見たりするタイプではない。どちらかというと、リアリスト寄りだろう。

「いやでも二十七年間、男っ気ゼロだった玲奈の相手が、南条家の御曹司って、お姉ちゃんでも、さすがに疑うでしょ。そう言いたくなるでしょ」

真面目に言い返されて、玲奈はグッと息をのんだ。

姉は玲奈より身長が低いのだが、七つも年上で、幼い頃から仕事で忙しい母の代わりに、玲奈の面倒を見てきてくれた。半分母のようなものだ。玲奈の性格をよくわかっているので、その反応も当然かもしれない。

「むむ……」

うなっていると、

「でもまぁ、杞憂だったわ」

菜摘はクスッと笑って、玲奈を見上げた。

「え?」

「南条さん、やっぱりスーパーエリートなだけあって、人あしらいが天才的にうまいわよね。すごく私たち家族に気を使ってくれてたし、そういう気持ち、ありがたいよね。でもね、気持ちの根っこの部分で、本当に玲奈のこと、大事にしようって思ってくれてたの、わかったよ」

「なにかあったの?」

「ううん、別に。ただ、さっき見送っている時に言われたの」

そして菜摘は、ウフフと笑いながら、頬を緩ませる。

「まだ付き合い立てだから、玲奈の寝顔を見たのは初めてで、嬉しかったって。もったいないから、玲奈が眠るまで寝たふりしてたって。お姉さん、ありがとうございます、だってっ、きゃ〜っ」

菜摘は悶えるように叫んで、玲奈を抱く腕に力を込め、ゆさゆさと体を揺さぶってきた。

「なっ……ええっ……寝たふりっ⁉」

まさかの衝撃告白に、玲奈の顔はみるみるうちに、真っ赤になった。

昨晩、瑞樹はあっという間に眠っていたはずだ。だから玲奈も安心して、あのままベッドで眠ったのだ。

（あれが、寝たふりだったのっ？）

だとしたらまんまと騙されて、朝までぐっすり眠ってしまった自分が、恥ずかしくてたまらない。

「は～、なんだか久しぶりにときめいちゃったわ、お姉ちゃん。早く隆くん、帰ってこないかな～！」

菜摘は、顔を赤くして棒のように突っ立っている玲奈から手を離すと、両手で緩む頬を押さえながら、部屋を出ていってしまった。

「……寝たふり……」

ひとりになった部屋で、玲奈もまた両手で頬を押さえながら、フラフラとベッドに戻り、仰向けに倒れ込む。

そして昨晩、この狭いベッドで、長いまつ毛を伏せて、玲奈を抱いて眠っていた瑞樹の顔を思い出していた。

百八十センチを超える長身の、広い腕の中。

温かいと、ほんの少しだけ、自分から体を近づけなかっただろうか。

「あれが……寝たふり……っ！」

玲奈は叫びたい気分を押し殺して、足をジタバタさせる。

それから朝ご飯を食べ終えた姪っ子たちが部屋に乱入してくるまで、玲奈はひとりずっと、声にならない声を発しつつ、足をばたつかせていたのだった。

御曹司の熱烈な誘惑

いつものように一番乗りに出勤して、総務部のブラインドを上げると、まぶしいくらいの太陽の光がフロア内に差し込む。

「朝から日差しが強いかなぁ……」

時は、八月下旬。

盆を過ぎれば暑さは和らぐというが、まだ夏日は続きそうだ。南天百貨店は東京メトロから地下鉄で直結だが、ほんの五分歩いたくらいでも汗が引かない。

「温度、少しの間下げておこう……」

手のひらでパタパタと顔をあおぎながら、クーラーの温度を下げていると、

「おはようございまーす！」

そこに、クリーンサービスの制服に身を包んだ女性が入ってきた。

「あっ、ガンちゃんさん、おはようございます」

「藤白ちゃん、おはよう。どうなの、婚約者様とうまくいってるぅ～？」

ヒッヒッヒ、と肩をすくめ、掃除を始める彼女の横で、玲奈もデスクの上を拭きな

がら苦笑した。

「もうっ……からかわないでくださいよ……」

結婚を決めたのが梅雨入り前。それから双方の両親に挨拶をし、結納、結婚式の日取りを決めたりと、すべてがトントン拍子に進んでいる。

職場でも、つい十日ほど前、玲奈と瑞樹が来年結婚することは、上からのお達しで伝わってしまい、一時期は総務部まで玲奈を見物に来る社員が後を絶たなかったくらいだ。

「準備といっても、私がやることって、あんまりないんですよね」

玲奈よりも先に結婚した友人たちからは、『結婚の準備が楽しいのは一瞬。働きながらあれこれやってると、死ぬほど面倒だし、彼のことが若干嫌いになる』と散々聞かされていたので、肩透かしだった。

「それは、お相手がお相手だから、すべてお任せってことになるんじゃないの～？」

「そうですね」

玲奈もこくりとうなずく。

結婚式に関しては、すべて南条家が主導だ。仕事上の結婚式は、ホテルで盛大にするが、身内の結婚式は、南条の屋敷ですると言われて、玲奈は『はい、頑張ります』

としか言えなかった。

（ウェディングドレスだけは、少し気になるけど……）

それもまた、南条家のお抱えのデザイナーがいるらしいので、玲奈が決めることはほとんどないときている。

「そういえば、最近御曹司は悪さをしてないみたいだね」

ガンちゃんさんが、ふふっと笑う。

「悪さ？」

首をかしげながら、ああとうなずいた。

「そうですね、なんたって〝南天百貨店の底なし沼〟ですもんね」

玲奈がさらりと言うと、「あはは！　藤白ちゃんはそういうところが、おもしろいんだよねぇ」と爆笑されてしまった。

「あれは絶対に治らないなんて言われてたけど、ちゃーんと好きな女の子ができたら、おさまるもんなんだね。ビックリしたわ」

「いや、あはは……」

好きな女の子とストレートに言われて、玲奈はなんと返事していいかわからず、曖昧に笑ってしまった。

ガンちゃんさんがフロアから出ていって、玲奈はまたひとり、もくもくと掃除をした。

（確かに好きって言われるけど……）

瑞樹の熱烈アプローチは、今も続いている。

日頃、瑞樹はほとんど社内にいない。月に何度かある会議に顔を出すくらいで、基本的にはグループ総本山である、南条ホールディングスにいるか、出張で世界中を飛び回っている。

ただ、まめというか、出張から戻ってくるたびに、玲奈の家に、自ら選んで買ったお土産を渡しに来るのだ。主に家族には酒類で、玲奈にはその土地のお茶が多いのだが、先週、ドバイから帰ってきた時には、紅茶とは別にラクダのぬいぐるみをくれた。

なぜぬいぐるみ⁉と思ったが、玲奈の部屋に、幼い頃から大事にしているぬいぐるみが、いくつも置いてあったのを覚えていたらしい。『とぼけた顔が似ている』と言われて腹が立ったが、この極上な御曹司が、ドバイの空港でラクダのぬいぐるみを選ぶ姿を想像したらおもしろかったので、許すことにした。

（それに、だんだん愛着湧いているし……ラクダのラクタロウ……）

結局ラクタロウと名付けられたぬいぐるみは、玲奈のベッドで一緒に眠っている。

そして毎回、慌ただしくお土産を渡してまたどこかに行ってしまう瑞樹を見て、置いてけぼりにされているような気がするのだった。

（仮に結婚したって、一年のうち、顔を合わせる回数は、思ったより少ないかもしれないんだなぁ……）

生まれて二十七年間、祖母と両親、姉と暮らしてきた。姉が結婚しその夫も一緒に住むようになり、姪っ子たちが生まれて、実家は常に騒がしい場所だ。そんな家に生まれ育った自分が、高層マンションにひとりで夫の帰りを待つことに耐えられるのだろうか。

身分の違い云々はいったん置いておいて、たとえば玲奈が彼と見合いで出会い、結婚することになって、夫婦として暮らしていたら、寂しくてたまらないのではないだろうか。

月に数回、自宅に戻ってきて、また慌ただしく出ていく瑞樹を、見送るだけの結婚生活――。

仕事だって来年早々に辞めてしまうことが決まっている。そうしたら、その時間になにをしたらいいかも、わからない。

（お花とか、お茶とか、英会話とか……習いごととか……。まぁ、一年で離婚するとしても、表面上はやらなくちゃいけないよね。ある意味それが仕事みたいなものだし……）

そんなことを考えながら、花瓶を抱えて給湯室へ向かうと、そこにはバケツに水を入れている、洋品部の女子社員がいた。確か今年、他店から来たひとつ年上の先輩だ。個人的に知っているわけではないが、従業員同士、挨拶は基本である。

「おはようございます」と、玲奈から声をかけた。

「おはようございまーす」とさらりと返事が返ってきたが、声をかけてきたのが玲奈だと気づいたのか、ハッとしたように振り返った。

「あ……あなた、藤白さんだよね」

「はい」

「南条さんと結婚するってほんと？」

その顔は明らかに好奇心に満ちていて、花瓶を抱えたままの玲奈をニヤニヤと見つめている。

「本当です」

「っていうか、勇気あるよね。あの南条さんと結婚するなんて。すっごい遊び人って聞いてるけど」

確かにそれは事実かもしれないが、少なくとも、その男と結婚予定の女性にぶつける話題ではないだろう。

モヤモヤした感情が胸に広がっていくが、口には出せない。

「あはは……」

曖昧に微笑むしかない。

そして、そのまま黙り込んだ玲奈に向かって、彼女はポンポンと威勢よく、言葉を続けた。

「まぁ、南天で働いてる女の子たちはみーんな、知ってると思うけど、南条さんって、来る女子拒まず、けれど去る者は追わず、そういう意味で評判だったもんね。あの人を取り合って、美容部員が取っ組み合いの喧嘩をしたとか、南条さん、それを黙って見てたとか、ちょっと引くわ～って感じ。いくらお金があってもねぇ……いや、お金があるから許せるのかな？　っていうか、藤白さん、おとなしそうだもんね。浮気されても、黙って我慢しそう～！　私は無理だけど！」

その手の悪評は、玲奈も入社した当初から何度も耳にしていたので、今さら驚くこともない。玲奈だってそう思っていた。

だが、明らかに馬鹿にしているその口調に、玲奈はだんだん、無性に腹が立ってきた。

たとえ彼女が玲奈より先輩だとしても、言っていいことと悪いことがあるだろう。

玲奈は顔を上げ、しっかりと目の前の先輩を見つめた。

「彼の女癖が悪いとか、あなたに関係ありますか？」

「なっ……なによ、急に……」

おとなしく、黙って話を聞いていたはずの玲奈の反撃に、女子社員は目を丸くする。

だが玲奈は止まらない。花瓶を抱えたまま、給湯室の奥に一歩足を踏み入れて、さらにはっきりと口にした。

「それに私、お金のために結婚するわけじゃないし、したいからするんだし、嫌なことは嫌だって言います。我慢なんかしません。結婚して、一緒に生活するんだもの、奴隷になるわけじゃない。それに――」

ふと、ラクダのぬいぐるみを抱えた、瑞樹の顔を思い出す。

本当は一刻も早くベッドに横になりたいだろうに、空港から直接、藤白家にその都度寄ってくれる、スーツ姿の瑞樹の顔だ。

「――確かに過去、彼は不実な人だったかもしれません。ですが結婚を決めてから、私自身に、真摯に向き合ってくれています」

そうだ、そうなのだ。

過去はどうしようもない男だったかもしれないが、少なくともこの数カ月、瑞樹は玲奈のため、そして家族のために、きちんと関係を築こうとしてくれている。

たとえ玲奈が、彼と本当の意味で結婚するつもりがなくても、一年経ったら契約通り、離婚すると口にしても、瑞樹は『じゃあ正当に俺に惚れさせる』と言うだけだ。

「だから、他人に、私とあの人の間のことを、どうこう言われる筋合いはないですっ」

その瞬間――。

「さすが俺が選んだ女だ。最高に痺れるな」

背後から声がして。

花瓶を抱えたままの玲奈が振り返るのと、女子社員が「きゃーっ！」と悲鳴をあげ、給湯室を飛び出していくのが、ほぼ同時だった。

「えっ……瑞樹さんっ⁉」

給湯室の壁にもたれるようにして立っていたのは、ピンストライプの三つ揃えのスーツ姿の、南条瑞樹だった。

クールビズが推奨されるこの時期でも、きっちり首元までネクタイをしている。それでも汗ひとつかいていない。実にさわやかな表情だ。

自分が悪口を言っていた相手が、こんな涼やかな表情で見てきたら、さっきの女子社員じゃなくても、悲鳴をあげて逃げたくなるに違いない。

玲奈だって十分驚いた。驚いて、花瓶を落としそうになったところで、

「危ない」

と、正面から支えるようにして、瑞樹が花瓶を受け止める。大きな手に包み込まれるように手が触れ合い、重ねられた。

その手は熱く、夢でも幻でも、蜃気楼でもない。本物だ。

「なんだこれは」

「なんだって……アイビーとグラジオラスの花瓶ですけど」

玲奈は苦笑しながら、花瓶を手元に引き、水を捨ててから新しい水を入れる。

「お前、こんなこともしてるのか。それともやらされているのか」

どこか不機嫌そうに、瑞樹が目を細める。

「ううん、私の席の目の前に置いてあるので、一日でも長く咲いているところを見たいだけです」

総務部はわりとのんびりした部署だ。玲奈は笑って、首を振った。

「ふうん……」

納得したような、しないような顔のまま、瑞樹は、玲奈が花瓶の中身を新しい水に替えるのを見守った後、ポケットからハンカチを取り出して、玲奈の手を取り、丁寧に拭き始めた。

自分で拭けると、手を引こうとしたが、その手をぎゅっと握りしめられた。

「――さっきのアレだが。どうしてかばったんだ。そうかもしれないと受け入れたほうが、後々のためには、よかったんじゃないのか？」

「後々のため……？」

言われて、玲奈は軽く首をかしげた。

「だから……お前が俺をかばうと、一年後、それ見たことかと笑われるということだ。あれでお前は、余計な悪意を稼いだことになる」

「ああ……なるほど」

なぜか少し不機嫌そうな瑞樹を不思議に思いながらも、玲奈はうなずいた。

確かに結婚して一年後別れる予定なのだから、適当に流したほうがよかったのかもしれない。

「でも、あんな言い方されたら、やっぱり黙っていられないです」

「そうか」

「そうか、じゃなくて。失礼な相手には、怒っていいと思います」

ずっと瑞樹のことを出会った当初から俺様だと思っていたが、不思議と彼が怒ったところを、一度も見たことがなかった。女性から平手打ちされた時も、今思い返せば、避ける気すらなかったような気がする。

(叩かれたほうが、いいと思った……とか？)

最低な男かもしれないけれど、頭の中は自分が思っているより、ずっとクールで理知的なのかもしれない。

すると瑞樹は、そこでようやくふっと笑って、

「——お前は強いな」

と、感心したようにつぶやいた。

「ええっ……私が？　そんなわけないでしょう。私、生まれてこの方、強いなんて言われたことないですよ」

玲奈が幼い頃から言われていたことといえば、〝のんびり屋〟だとか〝おっとり〟だとか〝小心者〟だ。〝強い〟のかけらもない。

むしろ、頭脳明晰、容姿端麗。誰が見ても完璧で、過去の女性関係を除けば、非の打ち所がない、南条瑞樹こそ強い人間だろう。

玲奈は苦笑しながら、色が悪くなった葉っぱを取り、ゴミ箱に捨てる。

その様子を、瑞樹はまたまぶしいものでも見るように、目を細め眺めている。

顔を上げると視線がぶつかって、玲奈は落ち着かない気分になった。

時折、瑞樹はこんな顔で玲奈を見つめるのだ。

（どうしたんだろう……）

「瑞樹さん」

気になって、名前を呼ぶと、

「少し充電させてくれ」

腕が伸びてきて、玲奈の体はすっぽりと、瑞樹の胸に抱かれていた。

チャンラララン、タラリララン――。

館内にチャイムの音が響く。九時三十分の朝礼を知らせる音だ。

「あっ、朝礼のチャイムッ！」

「だったらあと五分は、こうしていられるな」

慌てて体を離そうとする玲奈の体が、きつく抱きしめられる。

また無理やりキスされたりするのかと思ったが、瑞樹はゆっくりと大きく息を吐く
だけで、なにもしてこなかった。

そこでふと思い出した。総務部にある行動予定表のホワイトボードには、部長の欄に全店幹部月次会議と記載されていた。瑞樹が来たのも、その会議に出席するためだろう。

（本当に忙しいんだ。当然、疲れてるだろうな……）

瑞樹だって人間だ。休みなしであちこち飛び回っていたら、疲労も溜まるに違いない。いったいどうやって疲れを癒しているのだろうか。

気の毒に思っていると、小さな声で、瑞樹がささやいた。

「今晩、俺の部屋に来いよ」

「えっ……でも……急に言われても……」

嫌だとか、行きたくないとか、そういうのではない。

ただ急だから戸惑ってしまったのだ。

「俺の気持ちはとりあえず抜きにしても、結婚を間近に控えた婚約者として振る舞うのは、契約のうちだろ？」

瑞樹が少しだけ不満そうに、拗ねた口調でささやいた。

「それは、そうだけど……」

玲奈は瑞樹の幼馴染の閑が作った、契約書の中身を思い出す。

契約結婚を周囲に悟られてはいけない。結婚前であっても、婚約者らしく振る舞うことは、条件として記載されているのだ。

（鍵だって一度も使ってないし……）

そう、鍵を渡されてはいるが、一度も部屋には行っていない。瑞樹がほぼいないのもあるのだが、いるとわかっている時でも、行ったことはなかった。両親から、『あなた毎日家にいるけど、いいの？』と指摘を受けたのも、一度ではない。

「またお前のメシが食べたい。なんなら一緒に作ってもいい。メシを食ったら、家まで送り届けるから……」

「――わかりました」

玲奈はこっくりとうなずいて、瑞樹を見上げた。

「じゃあ今晩、伺います」

今日は水曜日で、玲奈は明日、遅番だ。出勤は昼前になるので、少々遅くなっても、大丈夫だろう。

その瞬間、パッと瑞樹の表情が明るくなった。

「よし、約束だぞ。絶対だからな？」

「はい」

（そうよね、これは婚約者としての契約を全うするだけ。疲れた顔をしている彼を、労わるというそれだけのことだし！）

そう自分に言い聞かせた瞬間、「よしっ！」と、突然体を抱きしめられて、息が止まりそうになる。

「くっ、苦しいっ～！」

ぎゅうぎゅうと抱きしめられる玲奈は、つま先立ちになりながら、バシバシと瑞樹の胸を叩く。

どうも最近、瑞樹が上等な大型犬に見えて仕方ない。好意を全開にして近づいてくるから、どう受け止めていいかわからないのだ。

「ギブです！　ギブッ！」

だが瑞樹は「ワハハ」と楽しげに笑うだけで、いつまでも放してくれず、玲奈は慌てて総務部に戻ることになった。

生まれて初めて、恋を知る

　ガシャンと大きな音がして、二枚の皿が、フローリングの上で真っぷたつになる。

　瑞樹は、しまったと思ったが、後の祭りだ。気づいた玲奈が手を止め、駆け寄ってきた。

「大丈夫ですよ。瑞樹さんは、とりあえずそこに座って」

「いやでも」

「いいから、気にしないで」

　玲奈は怒った様子もなく、笑って瑞樹を無理やりリビングのソファーに座らせると、慣れた様子で割れた食器を片付けてしまった。

（そのくらい、俺がやりたかったのに……）

　ソファーに座らせられた瑞樹は、不満だったが、皿を割ってしまったのは自分なので、仕方なく受け入れた。

（まさか俺が、こんな気持ちになるとはな……）

　ソファーの肘置きにもたれながら、まな板でネギを刻んでいる、玲奈の後ろ姿を見つめる。リビングとキッチン、ダイニングはひと続きなので、どこにいたって玲奈を視界に入れておくことはできる。だができれば一番近くで、玲奈のコロコロと変わる表情を感じていたかった。

柔らかそうな髪をひとつにまとめて、てきぱきと包丁を動かす姿は、瑞樹のことなどまったく意識していないようだ。

（なぜ俺を見ないいんだろう）

今まで瑞樹は、常に注目の的だった。他人にないがしろにされた経験など、生まれてこの方一度もない。

だが玲奈は手元のネギに真剣で、リビングにいる瑞樹のことなど見向きもしないし、退屈させても構わないと思っているようだ。

せっかく、彼女が自分の部屋にいるというのに、つまらない。

瑞樹は立ち上がって、玲奈の背後に立ち、耳元でささやいた。

「玲奈」

「ひゃっ……！」

ビクッと肩を震わせた玲奈は、「もうっ」と頬を膨らませながら、肩越しに振り返った。少したれ気味の目に力を込めて、『怒ってるんですよ』という表情をする。

玲奈はいつもこうだが、その顔が死ぬほどかわいい。そういう表情を見ると、瑞樹の胸はぎゅっと締めつけられる。

好きなものは、いつまでも飽きずに見ていられると言っていたのは、誰だったか。

彼女の部屋に泊まらせてもらった時も、すうすうと眠る玲奈を見て、何度も愛おしさが募り、瞼にキスをせずにはいられなかった。髪を撫でて、小さな耳に触れて、唇をなぞり、その造形が完璧すぎると、胸が苦しくなった。

こういう気持ちがどこまで強くなっていくのか、自分でも正直言って、よくわからない。

だが手を止めるつもりはさらさらない。

そのまま後ろからウエストに手を回し、柔らかそうな頬に唇を寄せると、

「なんで邪魔するの……。それだけ食事の時間が遅れるんですよ？」

「別に邪魔しているつもりはないんだが」

「いーえ、邪魔してます。っていうか、退屈なんでしょ！」

玲奈はそう言って、器用に大根を三等分して、おろし金と一緒に調理台の上に置いた。

「はい、これが瑞樹さんの仕事」

「なに？」

「大根をおろしてください」

「大根をおろす……」

もちろん瑞樹に大根おろしの経験はない。だが玲奈にはそんなことは関係ないらしい。

「おろし金に当てて、こうやって、すりおろすの」

玲奈は軽くやってみせた後、

「手には気をつけてくださいね。勢いあまると、怪我するから」

と、念押しし、腰に回った瑞樹の手を離れて、ガス台へと移動した。

「――わかった」

暇をしているわけではないのだが、ソファーに座っているよりずっといい。

瑞樹は真面目に、大根をおろす。

しゃりしゃりと、音を立てて大根がすりおろされているのを見ていると、こんなことを自分がしていることに、なんとも不思議な気持ちになった。

瑞樹の両親はともに忙しい人で、小さい頃から、家族全員でテーブルを囲んだ記憶は、ほとんどない。誕生日もクリスマスも、年末年始も。たとえ子供にとって特別な日であっても、両親は仕事優先だった。兄弟がいなかったこともあり、小さい頃からずっとそうだった。

成長し、気の置けない友人や、親友と呼べる相手ができて、彼らと過ごすことで多少気が紛れる時間が増えても、結局みな帰る場所があり、温かい家族がいた。

外泊するようになったのは、十五を過ぎてからで、自然と異性に囲まれるようになってからようやく、寂しいという気持ちを忘れるようになった。

人一倍、外見もよかったせいで女にもモテたが、気がつけば、周囲から女好きのように言われて、おかしな気持ちになったものだ。

(俺は女を好きになったことは、一度もなかった)

周囲が放っておかなかったから。ひとりでいるよりも気が紛れるから……。

そんな理由でそばにいることを許していた、ただそれだけ。誰のことも好きにならないし、特別に思わない。

きっとこれからも、自分はそうやって生きていくのだと思っていた。

だが年頃になって、周囲に結婚しろと言われるたび、自分という存在が、いったいどういうものなのか、わからないことに、たとえようのない不安のようなものを覚えていた。

誰も自分に、なにかを与えようとはしない。

求められるだけ、奪われるだけ。

いずれ、南条グループの総裁として、何万、何十万の人々の頂点に君臨する立場になることは受け入れていたが、結婚という、もっと個人的な誰かの責任は自分には負えないと、漠然と感じていた。

そんな時——玲奈に出会ったのだ。

梅雨に入る前——なんということもない商業施設のビルの廊下で、濡れたハンカチを渡されたあの時からすでに、玲奈の物おじしない態度を、気に入っていたのだと思う。

彼女は、自分の希望を押し付けてこない。なにかを欲しい、よこせともいわない。反射的に思ったことをポンポンと口にするかと思えば、時には言葉を選んで、ゆっくりと話す。

おっとりしていて、裏表もない。普段は、隙だらけに見えるが、その精神は基本的に安定していて、一緒にいて疲れない。

彼女は、自分は特別ではないと言うが、そんなことはない。

藤白玲奈は、瑞樹の人生において、自分からなにかを奪おうとしない、特別なタイプの女性だったのだ。

「ん……美味しい」

瑞樹は、小皿でだしの味見をしながら微笑む玲奈の顔を、じっと見つめる。

見た目は派手ではないが、その中身は、自分が提案した契約結婚にのっかるような、突拍子もない、おもしろさもあるのだ。

（だから欲しくなった。誰にも渡したくない。俺だけのものにしたい……どうしても、欲しい）

「――瑞樹さんっ」

突然、隣の玲奈がハッとしたように瑞樹の名を呼んだ。

「ん？」

なんだと思った瞬間、右手の指先にガリッと痛みが走る。

「つっ……」

思わず持っていたおろし金を落としてしまった。

「あああ～！　大丈夫ですかっ！」

玲奈が血相を変えて叫び、それから瑞樹の手をつかんで、水道水で指先を流した。

どうやらおろし金で、少しだけ、指をすったらしい。

「だから気をつけてって言ったのに……痛いでしょう」

「いや、それほどでも……」

「そんなわけないです。痛いです」

玲奈はしかめっ面をしながら、瑞樹の指先を見つめた後、

「このままにしてて」

と言って、リビングの床に置きっぱなしのバッグから、猫の顔の形をしたポーチを持って戻ってきた。

「私、そそっかしいから、絆創膏持ち歩いてるんですよ」

そして慎重な手つきで、瑞樹の中指の第一関節のあたりに、絆創膏を巻き付ける。

「次は気をつけてくださいね」

「ん？　ああ」

うなずくと、玲奈はにっこりと笑って、瑞樹が作った大根おろしを鉢に移し、台所を手早く片付け始める。

次は気をつけて、と言った玲奈の言葉が、頭の中をグルグルと回っていた。

（俺たちに、次があるのか……？）

またこんな風に、優しい空気の中で、ふたりでキッチンに立つ未来が、確実にある

というのだろうか。

ふたりでサンドイッチを作った時に、彼女がここで言ったセリフが、脳裏によみがえる。

『死ぬまで、キッチンには立たなくてもいい人生かもしれないですけど、覚えていて悪いことはないと思います』

ああ、確かにそうだった。悪いことはないどころか、こんなに幸せな体験があっていいのかと、こみ上げてくるものがあった。

今まで感じたことのない幸福感が、瑞樹の体を満たしていく。

きっと玲奈は無自覚なのだろう。なにも考えず、その善良さと素直さで、無自覚に瑞樹を喜ばせて煽り、隙を見せる。その隙に、瑞樹はいつもグッときて、気持ちが抑えられなくなるのだ。

「みっ、瑞樹さん⁉」

腕の中の玲奈が、目を見開いている。突然抱きしめられて、驚いているようだ。

「玲奈、キスしたい」

「えっ、なんでっ⁉」

なんでもなにも、愛おしさが募ってそうなるということに、彼女はなぜ気がつかないのだろうか。

「興奮したからな」

いつものように、少し冗談めいてそうささやくと、

「大根おろしに……？」

玲奈ものっかるように、ふざけてきた。

「かもしれない」

「やだ……もうっ……なんの冗談なの」

玲奈がふふっと笑いながら、目を細めて笑顔になる。

優しい顔だ。

こういう玲奈が、たまらなく好きだと思う。

他人には平凡に見えるかもしれないが、玲奈のこういう優しさが、女性に心を許したことがない自分のような人間には、ずっと必要だったのだ。

「お前は、いつもフラットだな」

「えっ、そうですか？　私しょっちゅう、あなたに対して怒ってると思いますけど」

玲奈はきょとんとしているが、そうじゃない。

瑞樹はそっと玲奈の前髪をかき分けて、チュッと唇を押し付ける。

「あっ！　またそんなことして！」

玲奈がキスをしたことに抗議の声をあげたが、サッと離れて、素知らぬ顔をした。

（子供にするようなキスだ。これならギリギリ、玲奈も許してくれるだろう）

玲奈が作ったのは、豚しゃぶ鍋だった。手作りのポン酢に、ネギ、瑞樹が負傷しながらおろした大根おろしをたっぷりと入れて、さっぱりしつつもボリューム満点の鍋だ。

「私、豚しゃぶで一緒にしゃぶしゃぶするレタスが、大好きなんですよね～っていうか、野菜の中で一番好きかも」

くたくたのレタスを食べながら、玲奈が笑顔になる。

「そんなに好きなら、婚約記念に、レタス畑でも買ってやろうか」

本気で言ったのだが、「レタス畑って～！」とまた笑われた。

「なんだか最近の瑞樹さん、おもしろいですね」

本気なのに、どうやら冗談と思われているらしい。

そもそも女性から、かっこいいとか素敵とか、言われたことはあっても、おもしろいと言われたことはなかった。だが不思議と悪い気はしない。相手が玲奈だからだ。

彼女が笑ってくれるなら、なんでもいい。なので、いつか本当にレタス畑をプレゼントしようと考えた。

　食事を終え、ふたりで片付ける。といっても、瑞樹は渡された食器を拭くだけの係だったが、やはり楽しかった。

「お茶を淹れるので、ソファーで待っていてください」

「わかった」

　言われた通りにソファーに座っていると、急激に眠気が襲ってくる。

（寝るのはもったいない……寝るのは……）

　だが最近まともに眠れないほど疲弊していたせいか、瑞樹は崩れるようにソファーに横になってしまっていた。


　それからどのくらい経ったのか――完全に意識を失っていたらしい。

　ふかふかと柔らかいところに寝ているのに気がついて、パチッと目を覚ますと、頬杖をついた玲奈を下から見上げていた。

「は？」

　一瞬、自分がどこにいるのかまったくわからなくなった。

そして玲奈はピクリとも動かない。落ち着いて状況をよく見れば、彼女は瑞樹の頭を膝にのせたまま、ゆらゆらと船をこいでいる。

膝枕だ。

ちなみに頬杖をついていないもう一方の手は、トン、トン、と瑞樹の肩あたりを叩いていた。

（まるでガキ扱いだな……）

玲奈には小学校低学年の姪っ子が、ふたりもいる。おそらく彼女たちが小さい頃は、そうやって玲奈が面倒を見ていたのだろう。

子供扱いには違いないが、妙にくすぐったく、瑞樹は目が覚めたことを言い出せずにいた。

腕時計を見ると、深夜の十二時を過ぎていた。

遅くなる前に送ると約束したのに、玲奈は眠ってしまった瑞樹を起こさなかったのだ。しかもよく見れば、肩のあたりを覆うようにして、玲奈が着ていた薄手のカーディガンがかけられている。

（寝室に行けば、毛布なんか、いくらでもあるのに……）

プライベートな空間である寝室に入るのが悪いと思ったのだろうか。それとも、ほんの少しの間のことだからと、膝とカーディガンを貸してくれたのだろうか。

なのに結局、自分も寝てしまうのだ。

そういうところが彼女らしいと思いながら、玲奈を起さないように膝から頭を下ろし、肩を抱き寄せ、カーディガンをスカートの上に広げた。

脱力した玲奈は、そのまま瑞樹の胸に頬を押し付けて、目を覚まさなかった。

「目が覚めたら、泊まっていくように言わなきゃな……」

きっと玲奈は、なぜ起こさなかったと怒るだろう。その顔を想像すると、また自然に頬が緩む。

ふと、自分の指先の絆創膏に目がいった。

きっと今までの瑞樹を取り巻いていた女たちなら、大根をおろせとは言わないし、仮におろさざるを得ない過程で、瑞樹が指を怪我すれば、きっと勝手に幻滅しただろう。

(彼女の前では、俺は失敗してもいい)

その安心は瑞樹にとって、何物にも代えがたい、大事なことのような気がした。

近づくふたり

九月に入り、多少の異動もあったが、おおむね玲奈の環境に変化はなかった。相変わらず瑞樹は仕事が忙しく、十日ほど前に彼の家に泊まったっきり、会っていない。

そして玲奈は、今日、瑞樹のいない部屋で、彼の帰りを待っている。

瑞樹の住む高層マンションの部屋は、ひとりだと広すぎる。無性に寂しくなってしまう。

「まだかなぁ……」

時計を見ると、もう夜の十時を過ぎていた。

今日は金曜日。実は今日、玲奈はこの部屋に泊まる。

お泊まりは二度目ではあるが、前回とは大きな違いがある。前回は不可抗力であり、今日はそうではない。久しぶりに、瑞樹に土日の連休が取れたため、金曜の夜から日曜まで、二泊三日で泊まることになったのだ。

「お泊まり……」

口に出すと、胸の真ん中あたりが、ザワザワする。

「私、大丈夫なのかな……」

めったに会えない婚約者の部屋に泊まることを、責める人間など誰もいない。むしろ家族や友人は、いっそ彼の部屋から仕事に通ったらいいのになどと、言うくらいだ。今日だって、玲奈的には急な話だったが、瑞樹は激務の間に、手回ししていたらしい。

「私に連絡するよりも先に、家に来るなんて……まったく」

瑞樹は、玲奈が出勤した後、藤白家にやってきて、

『久しぶりに休みが取れたので、玲奈さんと一緒にゆっくり過ごそうと思います』

と、お土産を渡すついでに、報告したのだという。

彼の訪れにすっかり慣れていた藤白一家は、いつものようにお土産をもらいながら、

『玲奈のことよろしくお願いしますね～』と、快くオーケーしたのだそうだ。

「知らないのは自分だけっていうね……」

姉からのメールでそれを知った玲奈だが、特に予定があったわけでなし、怒るわけにもいかず、結局、仕事終わりに瑞樹の部屋に寄り、食事を作って彼の帰りを待っているというわけだ。

「はぁ……」

玲奈はゴロンとソファーに横たわって、キッチンを見つめた。今晩のメニューは、肉じゃがに、卵のお味噌汁、葱塩たれをかけたお豆腐に、薄揚げの炊き込みご飯という、いたって普通な家庭の味だ。

瑞樹からは、本社での会議を終えてからなので、帰りが遅いと連絡があった。先に寝ててもいいと言われたが、なんとなくそれは嫌で、玲奈はお風呂だけ済ませて、こうやってリビングのソファーでゴロゴロしているのだ。

（こないだは、まさか私まで寝てしまうとはね……）

十日前、瑞樹と一緒にしゃぶしゃぶを作り、食べた。お茶を飲んだ後、瑞樹がソファーで眠ってしまい、起こすのも忍びなかったので、起きるのを待っていた——はずなのだが、気がつけば瑞樹の肩に頭をのせて眠っていた。

目を覚ますとすでに日付が変わっており、結局泊まることになってしまったのだ。マンションにはコンシェルジュが二十四時間待機しており、頼めばなんでも用意してくれるらしい。電話一本で、新しい下着や着替えが届けられて、玲奈が泊まるのになんの問題もなかった。

（しかも、寝室は別だったし……）

玲奈はその時のことを思い出すだけで、身悶えしたくなるが、つい思い出しては、またプルプルと震えてしまう。

＊　＊　＊

シャワーを浴びた後、客室に連れていかれた玲奈は、ついそんなことを口にしていた。

「一緒に寝ないの？」

玲奈のその不用意なひと言を聞いて、

「俺と寝たいのか」

開け放ったドアにもたれ、にやりと笑う瑞樹は、壮絶に色っぽかった。

「あっ……」

そう言われて、初めて自分がとんでもないことを口にしたと気づき、玲奈はブルブルと首を振った。

寝室は別だと言ったのは自分なのに、一緒に寝ないのかというのは、どう考えても不適切だ。これではまるで、自分が彼と離れたくないと、思っているみたいではないか。

「違う、そうじゃなくて！　つい！　ついだから！　こないだうちに来た時、当然のように一緒に寝たから、今日もそうするのかと思っただけ！　でもそうじゃなかったわ、勘違いだから、変なこと考えないでね、おやすみなさいっ！」

早口で言い訳をし、慌ててドアを閉めようとしたら、

「お前は本当に、かわいくて困る」

ドアを片手で押さえた瑞樹が、身を乗り出すようにして近づいてきた。

玲奈は顔をゆでダコのように赤くして、グイグイと瑞樹の厚い胸板を押し返したが、びくともしない。それどころか、瑞樹のもう一方の手が首の後ろに回り、引き寄せられる。

瑞樹の柔らかな唇が、額に押し付けられて、チュッと音が鳴る。

「子犬がきゃんきゃん吠えてるようにしか見えないんだが」

と、瑞樹が笑う。

「や、もうタヌキでも子犬なんでもいいので！　とりあえずお願い、ひとりで寝かせて！」

「いーや、余計構いたくなった」

瑞樹は相変わらずクスクスと笑って、部屋から出ていかない。

「今日はもう遅いし、明日も仕事があるだろう。まぁ、お前がどうしてもというのなら……」

瑞樹の声が、耳に注ぎ込まれる。

「夜通し、愛してやろうか?」

その声は、低く、艶があり、甘やかな色気に満ちていた。

途端に、蜂蜜でも体に流し込まれたような甘い痺れを感じて、玲奈の理性は、一時停止してしまうのだった。

(夜通しって……!)

こういう状況だからこそ、想像してしまう。

この男に、たっぷり時間をかけて愛されることを……。

恋愛経験が皆無のくせして、初めてキスをして、陶酔してしまったあの日のことを、思い出してしまう。

瑞樹ほどの男が本気を出せば、自分のような女は、ちょちょいのちょいでころがされるに違いない。瑞樹とそんなことになったら、玲奈はまともでいられる自信がないし、契約結婚どころではなくなってしまう。

「もうっ、約束したのにっ!」

玲奈が半分涙目になりながらそう言うと、その瞬間、瑞樹は軽く笑って、体を引いた。

「そうだな。俺が押し入ると、重大な契約違反になってしまうか」

そして、くしゃりと玲奈の頭を撫で、「おやすみ」と客室を出ていったのだった。

＊　＊　＊

（そんな風に別れたのが、十日前なわけで……）

前回はいきなりのことで、誘惑してくる瑞樹に対応する心構えができておらず、つい慌ててしまった。だが、今日は大丈夫だ。彼の食事が終わるまでお茶でも飲んで、少し話をして、そのまま別の寝室にＧＯすればいい。

たった二泊三日を乗り越えられないようでは、瑞樹との一年の契約結婚などこなせるはずがない。これは、莫大な報酬を約束された、契約結婚だ。瑞樹の一時の気の迷いで、振り回されてはいけない。

パチン、と頬を両手で叩いて、「よしっ」と気合を入れたところで、玄関のチャイムが鳴った。瑞樹が帰ってきたのだろう。

「平常心、平常心……」

おまじないのようにつぶやきながら、玲奈は玄関へと向かった。

「おかえりなさい」

「ん……ああ」

ネイビーの三つ揃え姿の瑞樹は、ネクタイを緩めながら、出迎えに来た玲奈を見て、目を丸くする。

「まだ起きてたのか」

玲奈が起きているとは思わなかったらしい。一応チャイムを鳴らしたはいいが、鍵は自分で開けたようだ。

「だってまだ十一時前ですもん。寝ませんよ」

普段から、ベッドに入るのはだいたい日付が変わる直前だ。

「子供はおねむの時間だろ?」

ビジネスバッグを右手に持ったまま、瑞樹はふふっと笑って、左手で玲奈の腰に手を回し、引き寄せた。

「ただいま」

そのただいまは、妙に実感がこもっていた。それから、ゆっくりと息を吸い、

「いい匂いがする」

玲奈の首のあたりに顔をうずめてささやいた。

「今日は肉じゃがなので……」

「いや、そうじゃない。お前の匂いだ。甘くて……うまそう」

「うっ、うまそうっ？」

玲奈は慌てて、瑞樹の胸を押し返した。

「ああ、しかもすっぴんなのか。風呂上がりでいい匂いがするんだ」

玲奈の家に泊まった時に、すっぴんは見られている。だが廊下の明かりの下で、こうまじまじと見つめられると、恥ずかしい。

一応、パジャマっぽくない部屋着をと思い、モコモコタイプのルームウェアを着ているが、ふと、ショートパンツから太ももの大半が出ていることに気がついて、なんだか恥ずかしくなった。

「――見ないでください」

思わず少し前かがみになって、手のひらで膝のあたりを覆うと、

「俺は、なにも着てないのが、一番好きなんだがな」

瑞樹が真面目な顔で言い放つ。

途端に、太ももが出ているくらいで意識してしまった自分が、馬鹿らしくなった。

玲奈は隠すのをやめて背筋を伸ばす。

「すぐそういうこと言うんだから……」

だが瑞樹は、なにを言っているんだと言わんばかりに、眉をひそめる。

「あのな、お前みたいなタイプには、その都度言い聞かせないと、誰でもお友達認定するだろう。違うか？」

「うっ……」

ずばり指摘されて、ビックリした。

似たようなことは、過去、姉にも、ガンちゃんさんにも、言われたことがある。自分ではまったく気がついていないが、玲奈はそうやって、今まで数々の恋愛フラグを折ってきた、らしいのだ。

「玲奈、俺は人畜無害ないい子ちゃんじゃない。お前に惚れてる、お前を俺のものにしたいと思っている、男だ」

瑞樹の切れ長の目が、熱っぽく輝く。からかうような口調でささやき、そのまま瑞樹は玲奈の耳たぶに、かぷりと噛みついて、歯を立てた。

「きゃっ……！」

耳から全身に、痺れのような甘い痛みが走った。

「けっ、けだもの！」

玲奈は慌てて距離を取る。

いきなり耳を噛まれるとは思わなかった。まったく油断も隙もあったものではない。

「ははは、けだもの、上等じゃないか。その調子で、もっと俺のことを意識してくれ」

瑞樹は楽しげに笑って、ニコニコと微笑みながら、玲奈を廊下に置いていってしまった。

「意識って……馬鹿……」

意識だけなら、とっくにしていることを、あの男はわかっていないのだろうか。

思わず恨み言が口を出たが、仕方ない。

ふうっと息を吐いて、「ご飯、温めなきゃ」と、玲奈は瑞樹の背中を追いかけた。

瑞樹の夕食は問題なく終わった。いたって普通の肉じゃがをおかずに、炊き込みご飯を『うまいうまい』とお代わりまでし、満足そうに箸を置いた。

別に食事を見守る必要などないのだが、玲奈はカウンターの席の隣に座って、お茶を飲んでいた。

「ご馳走様でした」

「いえ……お粗末様でした」

料理なら、仕事で忙しい家族のために何度も作っているが、誰かひとりのためというのは、なんだか気恥ずかしい。どんな顔をしていいかわからず、ペコッと頭を下げた。

「これが肉じゃがか。架空の食べ物だと思ってたが……」

「えっ、架空？」

「マジで食べたことがなかった」

瑞樹は真面目な顔をして顔を横に振ると、

「本当に、ビックリするほどうまかった。ありがとう」

と、ストレートに感謝の言葉を口にし、玲奈の頭を撫でる。

「そんな……別にたいしたことでは……」

どうやら生まれて初めて、肉じゃがを食べたらしい。さすが南条家の御曹司だと思いながらも、いつも翻弄させられてばかりの瑞樹からの讃辞は、純粋に嬉しい。

おとなしく頭を撫でられていた玲奈だが、瑞樹はそのまま長い指で玲奈の髪をすき、

髪の触感を楽しむようにして、指に巻き付けると、

「さて、この礼は、どうしようか」

と、意味深な問いかけをしてきた。

「礼？」

「ああ。明日からせっかくの連休だしな。玲奈が望む場所、どこでも連れていってやる。近場だと……そうだな。台湾はどうだ。小籠包を食って、五つ星ホテルに宿泊しよう。上質のリネンの上を、抱き合いながら、素肌で寝ころぶのは最高に気持ちいいぞ。月曜の朝に帰ってくれば仕事には間に合うだろう」

「近場で海外⁉」

素肌がどうのというところは、とりあえず置いておいて、いきなり台湾に行こうという誘いに、玲奈は目を丸くした。

「ああ」

相変わらず指に髪を巻き付けたまま、瑞樹は目を細める。

「どんな贅沢だってさせてやる」

この男が言うと、冗談に聞こえない。

いや、冗談など言っているつもりはないのかもしれない。

「お申し出は嬉しいんだけど、私、パスポート持ってない……」

「はっ？」

瑞樹がそんな人類がいるのかと言わんばかりに、素の表情になった。髪を巻き付けていた指を外し、椅子を座り直して、玲奈に向き合う。

「なにか……事情があるのか」

明らかに、不審がっているのが伝わってきて、玲奈は慌ててしまった。

「なっ……ないですよ……！　普通に、行く機会がなかっただけで」

なにか悪いことをしたわけではない。修学旅行も、卒業旅行も、全部国内だっただけだ。

「ふむ……そうか。だが新婚旅行は海外に出るつもりだから、これから取っておいたほうがいいな」

「あ、そうですね。わかりました」

玲奈はこくりとうなずいた。

「じゃあとりあえず国内か……」

瑞樹はどうやら旅行を検討しているらしい。真面目な顔をして、頭をひねっていた。

（旅行……？　この人と？）

確かに旅行も素敵だなと、思わないでもない。そもそもインドア派の玲奈ではあるが、旅行は別だ。知らない土地に行き、新しい景色を見たり、名物を食べたりするのは、純粋に楽しい。

だが問題はその後で――。玲奈の自宅同様、外泊となると、寝室は一緒になるはずだ。

脳裏に〝上質のリネンの上を、抱き合いながら、素肌で寝ころぶ〟ところが思い浮かんで、頬に熱が集まる。

（それはまずいでしょ……ここは私が主導権を握らなければ！）

玲奈はプルプルッと首を振って、余計な妄想を追い払うと、「あのっ！」と、元気よく手を挙げた。

「私から提案があります」

「なんだ」

「旅行じゃなくて……デートにしませんか」

「――デート？」

瑞樹が少しつまらなそうな顔をする。

確かに、旅行の代案としては、パンチが弱い。けれどここで瑞樹の提案をのめば、どうなるかわからない。もしかしたら貞操(ていそう)の危機に陥るかもしれないのだ。

玲奈は必死に、言葉を選んだ。

「だって、考えてみたら、普通、恋人同士になったら、デートするでしょう？　映画見たり、遊園地行ったり、ウィンドウショッピングしたり……！」

生まれてこの方、異性とデートしたことがない玲奈だが、デートがなんたるかは知識として知っている。学生時代から、他人のデートの話は、耳にタコができるくらい聞いているのだ。

だが瑞樹は違うだろう。なにしろ母親から、幼稚園児の頃からかわいい女の子をとっかえひっかえしていたと言われるような男だ。さぞかしデートの経験も、豊富に違いない。

（経験豊富……）

十代、二十代、そしてつい最近の、いろんな年代の瑞樹が、長身の美女をエスコートして、いろんな場所を歩いているところを想像してしまった。

するとなぜか、胸がチクッと痛くなる。

（ん……？）

今の胸のつかえのようなものはなんだろう。

玲奈は手のひらで胸の真ん中を押さえながら、首をひねったが、その痛みは風のように通り過ぎて、見えなくなった。

「デートなぁ」

一方、瑞樹は自身の黒髪をクシャクシャとかき回しながら、きりっとした眉を寄せる。

「俺、そういうデートっぽいデートなんか、したことないんだよな」

「えっ⁉　嘘でしょ、たくさん経験してるんじゃないんですか？」

まさかの未経験発言に目を丸くする玲奈に、瑞樹は軽くため息をついて、足を組んだ。

「記憶をさかのぼって考えてみたが、本当にない。たいていどこかのホテルで待ち合わせるか、相手の部屋に行くか、せいぜいどこかで酒を一杯飲むくらいで、ベッドに行くまでの行程に、余計な手順を踏んだことがない」

「………………」

御曹司の告白は、玲奈から言葉を失わせるのに十分な威力があった。

だがそう言われると、合点がいく。

「そういえば、私と初めて話した時も、部屋に来い、続きをしてやるみたいなこと言ってたような……うわぁ！」

「そんな悲惨な顔をして、叫ぶな」

瑞樹は苦笑したが、そのまま玲奈の膝に手をのせ、体を近づけた。

「まぁ、いいだろ。お互い初めてのデートってことで」

「うーん、私とあなただと、初めての重みが違う気が……」

とは言いながらも、瑞樹が自分とデートする気があるのは、純粋に嬉しかった。

「よかった、面倒くさいと言われるかと思った」

ホッとして、さっき感じた痛みなどすっかり忘れて、胸を撫で下ろす。

すると瑞樹は、そんな玲奈を見つめて、顔を近づけた。

「好きな女だから、喜ばせたいんだ。なんでもしてやりたいんだ、わかれよ、玲奈」

「えっ……んっ」

身を乗り出した瑞樹に、唇が押し付けられる。そしてそのキスは一瞬で、離れてしまった。

「………」

瑞樹の切れ長で涼しげな瞳が、キラキラと輝きながら、細められる。ものを言わなくても、彼の瞳が強く玲奈への思いを語っている。

好きだ、好きだ。俺のものになれ――。

そう言われているような気がして、玲奈の心は瑞樹の瞳にとらわれてしまうのだ。

「じゃあ明日、デートだな」

「う、うん……」

うなずくと、瑞樹の大きな手が、玲奈の頭の上にのせられて、優しく撫でられる。

「――さて、シャワーを浴びて俺も寝るか」

瑞樹は椅子から立ち上がり、まだ椅子に座って、キスの余韻にドキドキしている玲奈に、パチンとウインクをした。

「おやすみ、玲奈。ちゃんと部屋に鍵かけておけよ。間違ってそっちに行くかもしれないからな」

「はーっ？　冗談でしょ、間違わないでっ！」

玲奈が顔を赤くして叫ぶと、瑞樹はまた朗らかに、あははと笑ってバスルームへと向かっていった。


翌日、土曜日の朝。

少し遅めの、トーストとハムエッグの朝食を食べて、身支度を整えたふたりは、昼前に、瑞樹の車で都内の臨海部にある水族館に向かった。

水族館に行きたいと言ったのは玲奈だ。日差しが強い中で歩き回るよりも、室内で涼しげなのがいいと思ったのだ。

それほど混むこともなく、臨海公園の駐車場に車を停め、入場券を買った。

「水族館って……小学生か」

「いやいや、大人だってたくさん来てますよ！」

「それでも、ガキばっかりだ」

瑞樹は東京湾に浮かぶガラスドームの入り口から、すでに混み合う館内を見回し、ため息をついている。

確かに休日の水族館なのだから、家族連れも多いし、カップルは学生が多そうだった。

「まぁ、玲奈はこのくらいお子様なほうが、ちょうどいいんだろうが」

からかうような口調で笑われて、

「もうっ……意地悪なこと言って」

玲奈は不満そうに、唇を少し尖らせた。

デート自体生まれて初めてなのだから、これでいいのだ。自分には大人っぽいデートなど思いつかない。

それよりこのデートの雰囲気に、今は素直にワクワクしていた。

今日のファッションは、膝丈の白のフレアスカートに、紺色のブラウス、水色のカーディガンにサンダルというスタイルである。そして瑞樹は、デニムのシャツに、デニムのパンツ、白のスニーカーというシンプルな私服だ。

デニムにデニムを重ねるなど、なかなか難しい組み合わせのはずだが、抜群のスタイルと、顔と、堂々とした雰囲気から、モデルにしか見えない。袖口を少しだけ折って、手首を出しているのが、またセクシーだ。

（私、もしかして骨フェチなのかな……？　自分にないから、憧れるのかな……）

時計をしていない右手の、血管が浮き出た骨ばった手を、つい見つめてしまっていると、

「ん？　ああ、手を繋ぎたいのか」

顎のあたりを撫でていた瑞樹が、サッと右手を差し出した。

「えっ」

別に手を繋ぎたいなんて思っていなかった。ただ、手がかっこいいなぁと思っていただけだ。だがそれを口に出すのは、恥ずかしい。かっこいいと思っていたなんて、

知られたくない。

　玲奈がためらっていると、

「照れるなよ。デートだろ？」

「あっ……」

　迷っている間に手を取られ、包み込まれるように握りしめられていた。

　当然指を絡ませる、恋人繋ぎだ。

　九月で、まだ残暑が厳しい。水族館の室内は、クーラーが効いている。

　だが、いきなり外で手を握られたことで、頬にみるみるうちに熱が集まる。薄暗いからわからないかと思ったが、

「お前なぁ……なんでこれくらいで……」

　少し呆れたように瑞樹に顔を覗き込まれて、玲奈はまた真っ赤になった。

「……馬鹿にしないでください」

「違う。困ってるお前、めちゃくちゃかわいい。キスしたくなった」

　耳元でささやかれて、玲奈は慌てて顔を離す。

「なに言ってるの、こんな人前でっ！」

「わかってる、したくなっただけで、しない。俺も大人だからな」

「大人？　あなたが？」

「ああ」

　ぎゅっと眉根を寄せて瑞樹を睨みつける玲奈だが、瑞樹はククッと笑って、もう一方の手で玲奈の頭をぽんぽんと撫でる。

「機嫌直せよ」

　そして玲奈の手を引いて、エスカレーターに乗り込む。

　だが——。

「あの人、かっこよくない……？」

「ほんとだ……俳優さんかな。それともモデル？」

　ひそひそと、周囲から女の子たちの声が聞こえてきた。

（かっこいいって……やっぱり、瑞樹さんのことだよね……）

　周囲をこっそりと確認すると、エスカレーターをわざわざ振り返って、瑞樹を見ている女の子もいる。

　一方、話題にされているはずの瑞樹は、まったく外野の声が聞こえないようで、物珍しげに館内を見回していた。

（本当にこの人、目立つんだなぁ……）

シンプルなデニムを着こなす、すらりと伸びた長身。筋肉質の体に、彫りの深い顔立ち。艶のある黒髪。異性の注目を集めることに慣れきっている、余裕のある雰囲気。

この男はずっと、どこにいても集団の先頭で、集団の頂点だったのだろうというのが、伝わってくる。

(それに引き換え私は……って、いやいや、どうして引け目を感じないといけないのよ!)

玲奈は慌てて、自分の中に突如沸き起こった、『瑞樹にふさわしくないのでは』という疑問を、追い払った。

(そうよ、そういうのはお互い真剣に、将来を見据えて付き合っている男女が考えるもので、私が悩む問題じゃない……!)

春に結婚して、一年後には離婚だ。

結婚——離婚。一緒に暮らして、一年後、それが終わる。

(終わる……)

薄暗闇の中、水槽を見て回りながら、隣に立つ瑞樹を、玲奈は見上げた。

水槽を照らす明かりが、瑞樹の端整な横顔を淡く、青く照らしている。その眼差しは意外にも真剣で、まっすぐに水槽の中に注がれていた。

（この時間が、終わる……？）

「――玲奈？」

視線に気がついたらしい瑞樹が、玲奈に顔を向けた。

「どうした。腹が減ったのか？」

言われて気がついた。ふたりはマグロの回遊水槽の前にいたのだ。それでそんなことを聞かれたのだろう。

「マグロ……食べたいわけじゃないです」

食いしんぼうなのは否定しないが、水族館にいる魚を見て、お腹を空かせるほどではない。

「なんだ、そうなのか」

瑞樹は笑って、玲奈の手を引き寄せた。

「行こう。下にペンギンがいるらしいぞ。好きだろう」

「どうしてペンギンが好きって、知ってるんですか？」

「家の鍵に、ペンギンのキーホルダーをつけてるのを見た。部屋にぬいぐるみもあった」

「よっ……よく見てますね」

確かに瑞樹の言う通りだ。ぬいぐるみも持っているし、キーホルダーもつけている。

「頭の出来がいいのは前提として、お前のことだからな」

瑞樹はふっと笑って、混雑している水族館をすいすいと歩いていく。

ペンギンの広場にはイワトビペンギンやフンボルトペンギンなど、たくさんの種類のペンギンが展示されており、またかなりの見物客でごった返していた。

「こっちだ」

見やすい場所に空間を作って、瑞樹は後ろから玲奈を包み込むようにして、抱き寄せる。自然に腰に手が回ってドキッとした。

「本当なら、肩車でもしてやりたいんだがな」

肩車されるところを想像したが、瑞樹なら本当にやりそうで恐ろしい。

「それはさすがに恥ずかしいので、勘弁してください」

玲奈は苦笑しながら、ヨタヨタと周囲を走り回る、ペンギンを見つめた。

「かわいい……」

思わず、感嘆の声が漏れる。

そもそも、玲奈は黒と白のツートンカラーの生き物が好きだ。パンダ然り、シャチ、シマウマ、ツートンカラーの犬や猫も好きだが、中でもペンギンが一押しなのだ。

しっかりと目に焼き付けた後、背後の瑞樹を振り返る。

「ん、もういいのか？」

「はい。ちゃんと見ました。子供も多いので、代わってあげないと」

「そうか」

瑞樹はうなずいて、そのまま玲奈とペンギン展示を離れる。

ゆっくりと館内を見て回り、それからギフトショップへと向かった。

「姪っ子たちに、お土産を買いたいんですけどいいですか？」

「ああ、そうだな」

小学三年生と二年生の姪っ子は、文房具が大好きだ。

海の生き物がデフォルメされたかわいい下敷きやノート、マスキングテープを、吟味しながらカゴに入れていると、瑞樹の姿がないのに気がついた。

（ついさっきまでいたのに……お手洗いにでも行ったのかな？）

そんなことを思いながら、長い会計の列に並んでいると、五十センチはありそうな、フンボルトペンギンのぬいぐるみを抱えた瑞樹が大股で近づいてきて、玲奈の持つカゴを手に持った。

「それは……？」

「もちろん、お前にだ」

「えっ！」

「初デート記念だ」

瑞樹は、少しだけ照れたように、目の縁をうっすらと赤くして玲奈を見下ろす。

「ちゃんと顔を見て、お前に似てかわいいのを選んだぞ」

満足そうに微笑む瑞樹に、

（あ……）

玲奈はまっすぐ、心を貫かれたような気がした。

二十七年生きてきて、なにかが終わるという感覚が、よくわからなかった。家族は生まれてからずっとそばにいたし、菜摘が結婚して義兄が一緒に住むようになり、姪っ子が生まれ、家族は増える一方だった。多少の変化はあれども、このまま自分は家族と一緒に生きていくのだろうと思っていたのだ。

だが今、唐突に、玲奈は気がついてしまった。彼との関係が終わるというのは、始まったばかりのこの時間も、いつかなくなるということなのだ。

一緒に食事をとったり、くだらないことを言い合ったり、笑ったり、じゃれたり、怒ったり、ドキドキしたり――。

そんなたくさんの感情を、瑞樹と二度と共有できないということなのだ。

別に、悲しいとか、つらいとか、そんな気持ちになったわけではない。

ただ、もう次はないことを実感しただけ。自分くらいの年になれば、大半が経験しているような出会いや別れを、知らなかっただけ——。

たったそれだけのことが、今、玲奈をひどく驚かせている。

（私……どうしてそんなことがわからなかったんだろう？）

唖然としていると、

「玲奈？　他のものにするか？」

瑞樹が心配そうに顔を覗き込んできた。

「あっ……ありがとう……ビックリしちゃって。でも嬉しいです。これがいい……ありがとうございます！」

玲奈は慌てて笑顔を作り、ぶんぶんと首を振って、ぬいぐるみを受け取る。

「そうか」

瑞樹が、ホッとしたように頬を緩めた。

（せっかくのお出かけだもん……楽しく過ごさなくっちゃね）

玲奈は気を取り直して、瑞樹を見上げる。

「本当に、ありがとうございます」

「ああ……いや、いいんだ。喜んでもらえたら、俺も嬉しい」

瑞樹もようやく笑顔になって、それから、「とぼけた顔が似ているよな」と、いらぬことを口にし、玲奈に体当たりをされて笑い声をあげた。

それから玲奈は、腕のあたりにリボンをかけてもらったペンギンを抱えて、再び館内をゆっくりと見て回った。ペンギンの餌やりに並んだり、レストランで食事をとったりと、夕方まで楽しく過ごしたのだった。

初めての夜

駐車場まで戻り、ぬいぐるみを抱いたまま車に乗り込むと、瑞樹が腕時計に目を落とす。クーラーの風が、静かに音を立てて、車内の空気を冷やし始める。

「どこかでメシでも食うか」

「帰ってご飯作ります。材料もあるし」

時計の針は、夕方の六時を回っていた。水族館デートは楽しかったが、今日はこのまま帰って、ゆっくりしたい。

「そうか。まぁ、この時間はどこも混むしな……帰るか」

瑞樹はうんうんとうなずいて、ハンドルに手をのせたが、「あ」と思い出したように、シートベルトをつけている玲奈に体を寄せた。

「なに？」

急に近づいてくる瑞樹に、玲奈はどうしたのかと目を丸くしたが、

「いい加減覚えろ。こういう時の俺は、キスだろ……」

不敵に笑う瑞樹は、助手席のシートに手をかけた。

まっすぐに射抜くような視線、瞳に宿る強い欲望を向けられて、玲奈は息をのむ。

ふたりの間に挟まっているペンギンのぬいぐるみが、ぼよん、と反発したが、そんな抵抗が瑞樹を止められるはずがない。そのまま強引に、唇が押し付けられ、表面を軽く吸われる。

「んっ……」

かすかな痛みが、全身に甘い痛みとなって伝わっていく。

「口、開けろよ……」

「そんな……んんっ……」

抗議の声は、頬を傾けて深く口づけてくる瑞樹によって封じられる。

温かい舌が口の中に滑り込んできて、そのまま玲奈の舌をからめとる。すぐに玲奈の口の中は瑞樹でいっぱいになってしまった。

ゆっくりと、味わうような動きは官能的で、たちまち玲奈の意識は、瑞樹の色に、塗りつぶされてゆく。

「玲奈……」

少しかすれた瑞樹の声で、名前を呼ばれるのは気持ちがよかった。

「みず……き……」

応えるように、瑞樹の名をなんとか口にすると、瑞樹の胸に置いた手のひらから、激しい心臓の鼓動が伝わってきた。

（もしかして、ドキドキしてるの私だけじゃない？）

少なくとも玲奈にとっては、名前を呼ばれるというのは特別なことだ。

瑞樹ほどの男なら慣れているはずだが、自分に呼ばれて、こうなっているのだとしたら……。

「玲奈……」

もう一度名前を呼ばれて、玲奈は瑞樹を見つめ返した。

「嫌か？」

その問いかけに、玲奈は一瞬言葉をのみ——顔を上げる。

「嫌じゃ、ない……です」

そう、嫌じゃなかった。むしろずっとこうしていたい。

触れられるだけで、心も体も、ふわふわして、ドキドキして、苦しいのに、この苦しみに永遠に浸っていたい、そんな気持ちになる。

「素直で結構」

瑞樹はクスッと笑って、シートをつかんでいた手を、玲奈の後頭部と腰に回し、グッと体を近づける。

シートベルトをしているから、あまり自由に動けないのだが、それでも瑞樹の熱い熱を、彼の手のひらから感じるのは、気持ちがよかった。

何度も、何度も、深く、浅く、繰り返しキスをしながら、視線が絡み合う。

夏の駐車場で、車内に響くのは送風の音と、互いの息づかいだけで——。

だがその瞬間、濃密な沈黙を破る声がした。

「ママーッ！　はやくーっ！」

子供が母を呼ぶ声だ。それはこの車よりもだいぶ遠かったが、玲奈と瑞樹の間で、ピンと張りつめた空気を緩めるには、効果があった。

「——あ、あの」

玲奈はクシャクシャになった髪を、慌てて手のひらで撫でつけて、うつむいた。

「おっ、お腹空いたから、帰りましょうっ……！」

そしてぎゅうっとペンギンを抱きしめる。

瑞樹はなにか言いたそうにそんな玲奈を見つめたが、柔らかく表情を緩めて、ハンドルを握った。

「そうだな」

少しずつ日が落ちていく中で、まっすぐに前を見て運転する瑞樹を、玲奈はペンギンを抱きしめたまま、こっそりと見つめていた。


夕食はふたりでトマトの冷製パスタと、温野菜のサラダを作って食べた。

瑞樹には、トマトの湯むきを手伝ってもらったのだが、信じられないことに、瑞樹は、『トマトが、むける！』と、当たり前のことに盛り上がり、動画まで撮り始めたので、玲奈は笑いが止まらなくなってしまった。

そうやって、笑いの絶えない夕食の時間を過ごした後、それぞれ順番に、風呂に入った。先に瑞樹で、後が玲奈だ。

お湯にはバラの香りのバスボブが入れられて、いい香りがバスルームに漂っていた。

「ふう……今日は楽しかったな……」

ストレッチがてら、腕を伸ばすと、ちゃぽんと、水の音が響く。

バスタブのふちに頭をのせて、ぼうっと天井を見上げ、濡れた指でそっと、自分の唇に触れた。

思い出すのは瑞樹との楽しかったデート、そして帰りの車の中で、ふたりの間に存在していた、濃密な空気だった。

もちろん、駐車場という公共の場で、あれ以上のことになるはずがない。けれど瑞樹と口づけを交わしている間は、ずっと、瑞樹のことしか見えなかった。

（私……あの時、邪魔が入らなかったら、どうなってただろう……）

そんなことをぼんやりと考えていたら、長風呂になってしまった。

「ふぅ……」

おそらく一時間以上、バスルームにいたはずだ。

玲奈が風呂から出ると、廊下にルームウェア姿の瑞樹が片膝を立てて、座っていた。彼は玲奈よりも先に風呂を済ませている。ここにいる意味がわからない。

「えっ、ここでなにしてるのっ⁉」

湯あたりでもしたのかと慌てて近づくと、瑞樹が玲奈を見上げて、どこか不機嫌そうに、つぶやいた。

「遅い」

「あ……うん……ごめんなさい」

つい謝ってしまったが、内心玲奈は、なぜ瑞樹がイライラしているのかわからない。

「――予想しなかったのか？」

「予想って、なにを……？」

「俺がこうやって待ってることだ」

　唐突に瑞樹は立ち上がると、お風呂上がりでまだホカホカとしている玲奈を、そのまま壁に押し付けるようにして、二の腕で閉じ込める。

「お前はもう、俺に惚れてる」

　切れ長の目に、強い光が宿る。

「なっ……」

「惚れてる。間違いない。そして俺に抱かれたがってる」

「ななっ……！」

　突然の瑞樹の強い告白に、玲奈は言葉に詰まってしまった。

（えっ、待って、どういうこと⁉）

　だが瑞樹はそんな玲奈を見て、目を伏せると、

「そうだろ、玲奈。そうだって言ってくれ……。じゃないと、こんなところでお前を待ってた俺が、死ぬほどかっこ悪いだろうが」

　かすかに目の縁を赤くして、唇を子供のように、尖らせたのだった。

「私を……待ってた？」

　約束をしたわけじゃない。けれど、彼の言いたいことはすぐに理解した。瑞樹に

とっても、あの駐車場でのキスは、特別だったのだ。同時に、いつも余裕がある瑞樹が、こんな表情をするとは思わなかった玲奈は、胸が切なく締めつけられるが、その痛みを甘美なものに感じていた。

「玲奈……」

瑞樹はどこか拗ねたような、子供っぽい表情で、じいっと玲奈を見つめる。

彼の目からは、玲奈のどんな感情の機微も見逃さないというような、強い意志を感じた。

「私……」

経験のない玲奈には、抱かれたいという気持ちがどういうものか、よくわからない。

だが瑞樹からまっすぐにぶつけられる熱い思いは、痛いくらいに玲奈の心をつかんで、ぎゅうぎゅうと締めつける。

いいも悪いもない。先のことなんて、今は、どうでもいい。

今、この瞬間をふたりで過ごしたい。

彼の目に映るのは自分だけでいたい。

見つめられたい、ずっと――。

瑞樹の心が、溢れんばかりの情熱が、欲しかった。

「私っ……きっと……あなたと、同じ気持ちだと思う……」

そうやって振り絞った言葉は、素直で、そして精いっぱいの気持ちだった。

それを聞いて、瑞樹は息をのむ。

「れ、なっ……」

玲奈を囲っていた手が、ぐわっと伸びて、玲奈の体を締めつける。瑞樹の長い指が玲奈の髪をまさぐり、腰を抱いて、存在を確かめるように体をすり寄せる。

ぎゅっと抱きしめられて、踵（かかと）が浮いたが、その痛みも今の玲奈には心地よかった。

ドキドキしながら顔を上げると、熱っぽく玲奈を見つめる瑞樹と視線が絡み合う。

「好きだ……」

ささやきに似た告白と同時に、唇が塞がれた。

（息が、できない……）

何度も、何度も、触れては離れる唇に、玲奈はただ受け身でしかいられなかった。

気がつけばふたりで壁にもたれるようにして、その場に座り込んでいた。

瑞樹の大きな手のひらが、玲奈の頬を撫で、首筋、肩、そして二の腕を滑り落ちていく。いつの間にか、床に押し倒されていた。

同時に彼の唇は、チュッ、チュッと音を立てながら、瞼や顎のラインをなぞっていき、舌が耳たぶに触れて、そのまま耳の中に滑り込む。

腰のあたりを撫でていたはずの手のひらが、いつの間にかパジャマの中に入り込み、玲奈のささやかな胸のふくらみに触れる。

その瞬間、全身に電流でも流されたような甘い痺れが走って、玲奈は「あっ……」と、体をすくめてしまった。

(は……恥ずかしい……っ!)

廊下に押し倒されたまま、玲奈は手の甲で口を押さえるが、

「馬鹿、隠すなよ。抑えるな、そういう声が聞きたいんだ……」

瑞樹は少し困ったように玲奈の手首をつかみ、引きはがして床に押し付けた。

「だって……」

自分の体から甘えた声が出て、なおかつ聞かれるのが、嫌なのに、瑞樹はそれを求めているというのが、信じられない。

「変なの、やだ……」

顔を逸らし、ぎゅうと唇を噛みしめてしまう。

「玲奈……」

馬乗りになっていた瑞樹が、床に押し付けていた手を離し、両手で包み込むように

して玲奈の顔に手のひらをのせる。

「変じゃない。怖がるなよ……そんなに緊張するな。俺までつられる」

少し困ったような瑞樹の声に、玲奈はおそるおそる、逸らしていた顔を正面に向けた。

「つられるって……怖いってこと？」

「ああ、そうだ」

そして瑞樹は、ふうっと息を吐いて、玲奈の唇を親指でなぞりながら、笑みを作った。

「怖いな……こんなことをして、お前に嫌われることが怖い」

優しく撫でられているうちに、玲奈も気持ちが落ち着いていく。

「嫌うなんて……」

（そんなことはあり得ないのに）

玲奈は少しだけ肩の力を抜いて、瑞樹を見返した。

「そういえば私……最初から、瑞樹さんのこと、嫌いだと思ったことは一度もなかったかも」

「そうだな。馬鹿だの最低だのは言われたが、嫌いだと言われたことはなかった」

瑞樹はふふっと笑って、玲奈の上半身を抱きしめる。

「お前は本当に、お人好しだ」

「お人好しって……」

自覚はある。だが人に言われると、あまりおもしろくない。

むうと玲奈が膨れると、

「まぁ、だから俺は、お前と一緒にいると、心が安らぐということを知ったんだ」

広い胸にすっぽりと抱かれていた玲奈の体が、ふわりと浮いた。

「ひゃあっ！」

気がつけば、瑞樹は玲奈を肩に背負うように担ぎ、立ち上がっていた。

「お、お、お、落ちるっ！」

頭がグーンと下に下がって、頭に血が上る。いわゆるお米様だっこだ。

慌てて瑞樹の背中に手をつき、後ろを振り返ろうとしたが、瑞樹はそのままスタスタと歩いて、彼の寝室へと向かう。

「馬鹿、落とすわけないだろ」

瑞樹は寝室のドアをゆっくりと開けて、中に入る。

「今から俺とお前は、愛し合うんだ。長い時間をかけて、ゆっくりとな。覚悟しろよ」

少しからかうようなその言葉に、玲奈の心臓はどきりと跳ねる。

だがその言葉はからかいでもなんでもなく――。

南条瑞樹が有言実行の男であると、思い知らされるのだった。


「玲奈、愛してる……」

キングサイズのベッドの上に玲奈を横たわらせた瑞樹は、自ら先にルームウェアを脱いで、すべてをさらけ出し、それから玲奈のパジャマのボタンをひとつずつ外しながら、口づけた。

恥ずかしがるところは念入りに、「そういうお前が見たかった」とささやきながら、玲奈の心と体を覆っている理性をはがしていく。

最初はガチガチに緊張していた玲奈も、瑞樹の唇や舌、指、そして言葉で、すべてをとろとろに甘やかされていくうちに、自分の体はこんなに柔らかいものだったのかと驚き、戸惑いながら、瑞樹を受け入れた。

「玲奈……っ」

長い時間をかけてようやくひとつになった時、瑞樹はうめくように名前を呼び、きつく玲奈を抱きしめた。

誰でも初めてはつらいと聞いていたが、何時間もかけてほぐされた玲奈の心は、瑞樹を受け入れた喜びで震え、ほんのひとかけらもつらいとは思わなかった。

むしろ、中へ、もっと奥へと、入ってくる瑞樹と、ぴったりと隙間なく重なりたかった。だから彼が望む方向に行きたくて、自然と呼吸を合わせていると、

「おい、ちょっと待て……」

早々に、焦った瑞樹が、耳元で声を漏らした。

「ダメだ……」

「なに、が?」

「いくらなんでも、早すぎる……っ」

なにが早すぎるのか、どうして瑞樹が焦るのか、まったく意味がわからない。

だが、なぜか身を引こうとした気配を感じたので、「いやっ……」と、瑞樹の首にしがみついた。

(どうして離れようとするの……せっかくひとつになれたのに……)

玲奈はただ、愛した男と離れたくなかっただけだ。他意はない。そのまま、ぎゅうぎゅうとしがみつく。

だが、瑞樹はその瞬間、クッと息を漏らして背筋を丸め、

「玲奈っ……！」

玲奈にしがみついて、ブルブルと体を震わせたのだった。

なにがどうなったのかわからないが、玲奈も痛いくらいにきつく抱きしめられ、その喜びで、一瞬目の前が真っ白になる。

瞼の裏に火花が散り、全身の血が巡り、心臓が早鐘のように打ち、呼吸が荒くなる。

はぁはぁとふたりで息を荒らげながら、目線が重なると、吸い寄せられるように口づけていた。そのキスはどこか獣のようで、けれど快感で痺れが残る体には、ちょうどいいくらいの刺激だった。

「驚いた……体の相性がよすぎる……」

キスを交わした後、額を汗で濡らした瑞樹が、なぜか困ったように笑う。

「それっていけないこと……？」

「いけなくはないが……いや、むしろ最高だな。こうやって話してるだけで、また興奮してきた……わかるだろ？」

玲奈の体の中で、瑞樹が主張し始めて、緩やかに動き始める。

「ちょ、ちょっと、待ってて っ……」

だが玲奈は、今日はこれで終わりだと思っていたので驚いてしまった。気持ちとは裏腹にまた再開される甘い律動に、眩暈がし始めた。

慌てて瑞樹の胸を手のひらで押したが、

「嫌だ」

と、一蹴されてしまった。

「えっ、なんでっ……？」

「ああ……まぁ、主にプライドの問題だな……このままでは男としてまずい」

「ええっ……？　あっ……」

一度終わったと思った快感が、波のように追いかけてきた。思わず瑞樹の肩に爪を立て、のけぞる玲奈の白い首筋に、瑞樹は柔らかく、捕食者のように歯を立てる。

「悪いな、玲奈、諦めろ……今後、俺に嫌っていうくらい、愛される覚悟をしておけ……」

とはいえ、そのなだめるような声色は、言葉よりもずっと優しくて——。

玲奈はあっという間に、また濃密な時間に落ちていった。

窓の方向を向いて、眠っていたらしい。遮光カーテンの隙間から、うっすらと太陽の光が差し込んで、チカチカと瞼の上に光が当たる。

「ん……まぶしい……」

玲奈はなんとか目をこじ開けて、パチパチと瞬きをした。

豪華な、まるでホテルの一室のような瑞樹の寝室で目を覚ますのは、二回目だ。だが前回と今回では、大きな違いがある。

キングサイズのベッドだが、気がつけば玲奈は、背後から瑞樹に抱きしめられる形で、眠っていた。

いつ自分が眠ってしまったのか、覚えていない。だがなにをしたのかは、よく覚えている。思い出すだけで、胸がギューッと締めつけられて、嬉しいような、切ないような、不思議な感覚になる。

（瑞樹さん、寝てるのかな……？）

そーっと、後ろに首を回したのだが、瑞樹の様子はよくわからない。だが、規則正しく彼の肩が上下している様子から、ぐっすり眠っているのが伝わってくる。

背中に感じる瑞樹のぬくもりに、玲奈は胸がいっぱいになった。

「夢じゃなかったんだ……」

そう、つぶやきながら、玲奈はもう一度目を閉じかける。

正直言って、まだ寝足りなかった。

昨晩は、ゆっくりと、長い時間をかけて愛されて、そのまま気を失うように眠ってしまった。具体的に何時かはわからないが、かなり遅い時間だったような気がする。今日くらいは、二度寝したって文句は言われないだろう。瑞樹だってまだ目が覚めていないのだ。

「おやすみなさい……」

だが、太陽の光を反射して、手元がチラチラと光っているのを発見して。

「ん……」

玲奈はぼうっとしたまま、光の発生源らしい手元を顔に引き寄せて——。

自分の左手の薬指に、ローズカットのダイヤモンドリングがはめられていることに気がついた。

「ゆび、わ……?」

まるで貴族のお姫様がつけるような、深い輝きの大きなひと粒ダイヤだ。

自分はこんな立派な指輪を持っていただろうか。

「おひめさまみたい……」

思わず、そんなことを口にしていた。

それほどアクセサリーに興味がない玲奈だが、きれいなものは好きだ。

左腕をゆるゆると前に伸ばして、太陽の光を当てる。

まるでプリズムのような、虹色に輝く指輪は、星のかけらをはめ込んだかのように美しく、玲奈はうっとりとしてしまった。

わぁ、きれいだなぁと他人事のように指輪を眺めていたのだが、しばらくして、半分寝ぼけていた思考回路が、ようやく人並みに動き始める。

これは他人事ではない。自分の指に見たことがない指輪が本当にはめられているのだ。

「えっ、ええ⁉　指輪っ⁉」

玲奈は叫んで、ベッドから飛び起きていた。

「――なんだ、やっと気がついたのか」

背後から、クスクスと笑う声がする。

「えっ、あっ！」

振り返ると、片腕で頭を支えるようにして横たわった姿の瑞樹が、玲奈を見つめてニヤニヤしている。

「また寝たふりしてたの⁉」

「そして毎回騙されるな、お前は」

「だって！」

玲奈はアワアワしながら、裸の瑞樹を見下ろす。

「これ、なに⁉」

「婚約指輪だが」

「ああっ……そっか、婚約指輪……！」

契約結婚だから、普通の恋人同士とは違う。だからプロポーズの指輪があるはずがない。

玲奈はずっとそう思い込んでいたので、驚いてしまったが、瑞樹は用意してくれていたのだろう。

「あっ、あのっ……」

嬉しいとか、好きとか、ありがとうとか、お礼を言わなければと口を開くが、あまりの出来事に胸がいっぱいになって、言葉が出てこない。

「ん」

だが瑞樹はそれでもいいようだ。軽くうなずいて、体を起こすと、シーツの上に座っている玲奈と向き合い、指輪をはめた左手を握りしめる。

「愛してる。結婚しよう」

「っ……」

シンプルな求婚の言葉に、じんわりと涙が浮かんできた。

「なんだ、泣くなよ。タヌキ顔が余計タヌキになるぞ」

瑞樹は笑いながら、玲奈の目からぽろりとこぼれ落ちた涙を、指で拭い、そのまま頬に手のひらをのせた。

「うっ、ひっ、ひどい～！」

玲奈は泣きながら笑い、瑞樹の手の上に、自分の手を重ねた。

そのぬくもりは、確かなもので、夢でもなんでもない。

「——とりあえず、やるか」

「は？　きゃーーーっ！」

気がつけば玲奈は、瑞樹に飛びかかられていた。

あまりの勢いに、ベッドから落っこちそうになり、慌てて瑞樹にしがみつく。

「そうか、お前もその気なのか。積極的だな」

「ちっ、ちがっ……！」

「いや、違わないいだろ……仕方ない、愛する婚約者様のために、精いっぱい、努力しよう」

「んっ、んんっ……」

瑞樹は悪巧みをするような顔をして、玲奈に口づける。

初めての夜は、瑞樹の情熱に抱かれて過ごし、初めての朝は、それ以上の愛に満たされて迎えたのだった。

不安と迷いと、後悔と

「きれいだなぁ……」

日曜日の朝。

玲奈は自宅のベッドに寝ころんだまま、左手の薬指に輝く指輪を眺めていた。

瑞樹からもらった婚約指輪は、代々南条家の妻が引き継ぐものらしく、指輪自体は、二百年以上の歴史があるらしい。

窓から差し込む太陽の光を受けて、チラチラと輝くローズカットのダイヤモンドリングは、普段アクセサリーに興味がない玲奈でも、うっとりと見惚れる美しさだった。

だが、美しいと思う一方で、玲奈の心は、指輪を見ていると、その輝きに反比例するように陰ってゆく。

「こんな大事なもの、私なんかがもらっていいのかな……」

指輪をもらった時は確かに嬉しかった。瑞樹の思いが伝わってきて、天にも舞い上がらんばかりに気持ちが高揚したし、幸せの頂点にいる気がした。

だが最近は、それればかりではない。二百年もののダイヤのリングをもらっても、自分はこの指輪にふさわしくないのではと、たまに、思ってしまうのだった。

「今さら悩んでも仕方ないんだけどね……」

玲奈はふうっとため息をついた後、指輪を外して、丁寧にジュエリーボックスにしまうと、またゴロンとベッドに横になった。

初めて体を重ねてからすでに一カ月近く経っていた。十月上旬に結納を済ませてからは、玲奈は週末は瑞樹のマンションで過ごす生活を続けている。

瑞樹は相変わらず仕事が忙しいのだが、東京にいる日は絶対に、玲奈と一緒に過ごすのだと、主張して譲らない。

今日も瑞樹は、日曜日だというのに朝から関連企業の懇親会に出席し、午後からは出張で関西に行く。その隙間の時間で玲奈と会うために、時間を作ってくれた。

嬉しいけれど、複雑だ。

「瑞樹さん、大丈夫かなぁ……」

エネルギーの塊（かたまり）のような瑞樹だが、こうも休みなく働いているのを見ると、やはり心配になってくる。

（私だって会えるものなら毎日だって会いたいけど……）

会いたいが、彼の体が心配だ。休んでほしい。でも会えないのは寂しい。

振り子のように、気持ちが揺れる。

ピピピ、とスマホがアラーム音で、スケジュールの時間を知らせる。

「あっ、そろそろ出なきゃ……！」

玲奈はがばっと起き上がって、鏡を見ながら慌ただしく髪をブラッシングし、バッグをつかんで部屋を飛び出した。

「れなちーん、デートなの〜？」

「いってらっしゃぁ〜い」

リビングでくつろいでいた姪っ子たちが、足早に玄関に向かう玲奈に声をかけた。

「そうだよ〜、夜には戻ってくるからね。行ってきます！」

（いろいろ悩むけど、とりあえず、会っている時は、ふたりで楽しい時間を過ごすようにしなくっちゃね！）

玲奈はそう決意して、駅へと足早に向かったのだった。

待ち合わせは東京駅の改札外だった。約束に遅れたことは一度もないが、いつも早めに着くようにしている。

しばらく待っていると、遠くからジャケット姿の瑞樹が人混みを割って、近づいてくるのが見えた。

どこにいても、周囲にどれだけ人がいても、彼自身が光っているかのように目立つ。

瑞樹がきょろきょろと辺りを見回している。そして玲奈の姿が見つからないからか、ポケットからスマホを取り出して、じっと眺める姿が見えた。

「あっ……瑞樹さん！」

手を挙げ、駆け寄ると、瑞樹もスマホから顔を上げて、近づいてくる。パッと笑顔になって、玲奈の肩に手を置いた。

「悪い、待たせたな」

「ううん、全然」

今日の瑞樹は、夕方の新幹線で大阪に向かい、戻ってくるのは、三日後だ。だが現れた瑞樹は、手ぶらだった。

「あれ、荷物は？」

「世界中あちこちに部屋がある。必要なものはだいたい揃っている。ないものは現地で買えばいいだろ。まぁ、なにより俺が、荷物を持つのが嫌いなだけだがな」

「へぇ……そうなんだ」

玲奈など、通勤ですらわりと荷物が多いのに、瑞樹は基本的に手ぶらでどこにでも行っているらしい。けれどそんな彼が、いつも玲奈にお土産を買ってきてくれることを考えると、妙に嬉しかった。

「一時間半ほど時間がある。どこかに入るか。行きたいところはあるか？」

瑞樹が腕時計に目を落としながら尋ねる。

ちょうど今、午後三時になるところだ。

「あ、うん。実はこの近くに、モンブランが美味しいカフェがあって。十分ほど歩くんだけど、大丈夫？」

「ああ、わかった。じゃあ行くか」

玲奈は歩き出した瑞樹に並んで、目的のカフェへと向かうことにしたのだが——。


「玲奈が、行きたいカフェって、まさかここなのか……？」

目的地であるシティホテルを目の前にして、瑞樹が少し険しい顔になった。

「うん。ホテル・ラルジャンの、カフェだけど」

『ホテル・ラルジャン』は、リゾート地を含め、全国展開している老舗のホテルグループだ。別におかしな場所ではない。

「ここじゃないと、ダメなのか」

そう言って、ホテルの入り口で立ち止まる瑞樹を、玲奈はなぜだろうと首をかしげる。

「いや、まぁ、いいか……」

「ダメっていうか……ここのケーキが食べたくて。なにか問題があったの？」

瑞樹はふっと表情を緩めて、それから隣の玲奈を笑って見下ろす。

「ケーキを食べて、頬を丸くする玲奈が見たいしな」

「なっ……そんなリスかハムスターみたいなこと、しませんけど」

「そうか？」

いたずらっ子のように笑われて、玲奈はむきになった。

「そうですっ」

確かにケーキを食べたいと言ったのは自分だが、まるで食いしん坊の子供扱いだ。

(ひと口欲しいって言っても、あげないんだから！)

玲奈は憤慨しながら、ホテルのロビーから、カフェへと向かった。

午後三時のティータイムのせいか、ホテル一階のカフェは混んでいた。百ほど席はありそうだが、空いているテーブルがない。

「やっぱりいっぱいかなぁ」

入り口から中を見ていると、給仕服の男性が近づいてきて、申し訳なさそうに頭を下げる。

「申し訳ございません、お客様……ただいま席が……あっ」

男性は、玲奈の後ろに黙って立っていた瑞樹に、一瞬視線を走らせた後、

「すぐに個室にご案内したします。どうぞこちらへ」

と一礼して、優雅に玲奈と瑞樹を、カフェルームの奥へと案内した。

「個室……？」

「空いていてよかったな」

瑞樹はしれっとそう言い、玲奈の腰を抱いて、スタスタと歩いていく。

そうして誘導された個室はテラスに面しており、開放感があった。二十人は座れるテーブルがあり、かなり広い。給仕の男性に引いてもらった椅子に腰を下ろしながら、玲奈は恐縮してしまった。

「ひ、広いですね……」

「うるさくなくていいじゃないか」

瑞樹はそう言うが、ケーキをひとつ食べるのに、なんだか申し訳ない気がしてくる。

「俺はコーヒー。玲奈は？」

瑞樹は最初から食べる気はないらしい。メニューも開かなかった。

「私はモンブランと、温かい紅茶をレモンでください」

「かしこまりました」

男性はメニューを手に取り、一礼して個室を出ていく。

「ふう……」

息を吐くと、テーブルを挟んだ正面の瑞樹が、不思議そうに首をかしげる。

「どうした?」

「なんだか緊張しちゃって」

「どこに緊張する要素があるんだ。普通のカフェだろ?」

瑞樹はクスッと笑って、長い足を組む。

そうは言われても、個室に案内されただけで、なんだかもったいないような気がしてくるのだ。

(私って根っからの庶民体質なんだわ)

そこに、すぐに給仕の男性がワゴンを押して、戻ってきた。

瑞樹の前にコーヒー、そして、

「お待たせいたしました。モンブランでございます」

なぜか美しくデコレートされたモンブランが、玲奈の前に置かれた。白い皿の上には、マカロンや、アイスクリームまでのっている。メニューにはない仕様だ。

「ごゆっくりお過ごしくださいませ」

給仕の男性は丁寧に頭を下げて、サッと部屋から出ていく。

瑞樹はコーヒーカップを優雅に持ち上げ、口元に運んだ後、皿をじっと見つめている玲奈を見て、不思議そうに軽く首をかしげた。

「どうした、食べないのか？」

「あ……いえ」

玲奈はスプーンを持ったまま、瑞樹の顔を見つめる。

「ものすごく今さらだけど、さっきの人、もしかして瑞樹さんの顔を見て、ここに入れてくれた？」

椅子に座って落ち着いて、ようやくそのことに気がついた。

この個室は普段使っていない様子だ。特別な客が来た時のために、空けているのだろう。だから、ただのモンブランが、こうやってスペシャルな状態で出てきたのだ。

「そうだろうな」

「やっぱり瑞樹さんって、特別な人なんだ……」

なんの連絡もしていなくても、顔を見ただけで、ホテルの人間は、彼を南条瑞樹だと認知し、特別な場所を用意する。

そして瑞樹は、自分とは違い、それを当然のように享受する側の人間なのだ。

「どういう意味だ?」

瑞樹は玲奈の言葉に、怪訝そうに眉をしかめる。

「あ、いえ……別に意味があるわけじゃないんだけど」

玲奈は慌てたように首を振った。

(私、変なんだ……)

最近、自分に自信がなくなっている。瑞樹を好きになってしまったと気づいて、彼と愛し合うようになって、幸せの絶頂にいるはずなのに、不安になることがある。

だがそんな不安は、瑞樹にはどうしようもないことだ。彼が悪いわけでも、落ち度があるわけでもない。

(私が勝手に、気にしてるだけなんだから……話すことでもないよね)

「いただきまーす!」

玲奈は明るく笑って、スプーンを持ち上げた。

一時間はあっという間に過ぎ去ってしまった。

「そろそろ新幹線の時間じゃない？」

「ああ、そうだな。名残惜しいが、着いたら即、面倒くさい会合が待ってる」

瑞樹は立ち上がり、ため息をついた。

「玲奈」

手が差し伸べられて、近づくと同時に、腰を引き寄せられた。そのままぎゅうっと抱きしめられる。

「充電だ」

「瑞樹さん……」

耳元で響く声は、温かく、優しかった。おそるおそる背中に手を回すと、瑞樹の抱きしめる手にさらに力がこもる。

「苦しいっ……」

「うるさい、我慢して俺に抱きしめられてろ」

「横暴だよ……」

玲奈はクスッと笑いながら、目を閉じる。

瑞樹の広い胸に抱きしめられていると、落ち着く。

口調は上から目線だが、その言葉からは玲奈への愛情が感じられる。

「あー、やっぱり部屋をとればよかったな」

瑞樹がうなるように、玲奈の耳元でささやいた。

「部屋って……」

「抱きたかった」

「えっ……！」

ビクッとして顔を上げると、熱っぽく切ない目で見つめる瑞樹と視線が絡み合う。

「でもなぁ、一時間じゃな……お前を愛するのに、全然足りないから、部屋をとるのはやめたんだが……ああっ、足りなくてもやっぱり、とればよかった。お前に触るだけでもよかったのに、ああっ、クソッ、失敗した」

瑞樹は本気で悔しがっているようで、あーだこーだと文句を言いながらも、玲奈の髪を「きれいだな」とささやきながら指ですき、額に口づけた。

「まぁ、いい。このフラストレーションを来週に回そう」

「来週は二倍になるの？」

「四倍になる」

「えっ、なんで二乗しちゃうの？」

それを聞いて、瑞樹は肩を揺らして楽しげに笑う。

「なんでだろうな。だが、単純に二倍じゃなくなるのは確かだ」

そうやって、ああだこうだと言い合っていたら、外からコンコンと、ノックの音がした。

「ん？」

瑞樹は怪訝そうな顔をして、玲奈から体を離した。

「失礼します」

給仕の男性が、少し困ったようにドアを開けて、一礼する。

「実は副支配人が、南条様にご挨拶をしたいと——」

「そうよ、瑞樹。どうしてここに来るなら、連絡してくれないのよ」

突然、給仕の男性の背後から、ピンクのツーピースを身にまとった美人が姿を現した。艶のある黒髪は夜会巻きにして結い上げ、はっきりした顔立ちを、清潔感のあるメイクでまとめている。長身で、すらりとした隙のない美人だ。

大輪のバラの花束のような彼女の雰囲気に、玲奈は一瞬で圧倒されてしまった。

「もしかして、私に会いに来てくれたのかしら？」

いたずらっぽく微笑む彼女の眼差しは、妙に色っぽく、玲奈はドキッとした。

（今、副支配人って……この人が？）

挨拶というていで入ってきたが、明らかに瑞樹とはプライベートでの知り合いなのだろう。

玲奈は内心ドキドキしながら、その女性を見つめた。

「たまたまだ」

だが、挨拶を受けて、瑞樹はあっさりと首を振った。そして冷めた目で、副支配人だという女性を見下ろす。

「まぁ、いいわ。話があるの」

「時間がない」

「行先は知ってるわ。当然、送るわよ」

女性はそれから瑞樹の隣で呆然としている玲奈を見て、にっこりと微笑んだ。

「初めまして。ホテル・ラルジャンの副支配人を務めております、池松（いけまつ）と申します」

そして名刺を慣れた手つきで差し出した。

「あ……」

名刺には、副支配人という肩書と、池松麻未（まみ）という名前が書かれていた。だが、玲奈には差し出す名刺などない。

思わず受け取ってしまったが、どうしたものかと迷っていると、

「これは、お前には必要ない」

瑞樹は玲奈の手から名刺をサッと抜き取って、自分のポケットにねじ込んでしまった。

「あ……っ」

そして瑞樹は、「話なら車の中で聞こう」と、玲奈を置いて、ドアに向かって歩いていく。

「嬉しいわ」

麻未はにこりと笑って、まるで玲奈などそこにいないかのように、瑞樹の背中を追いかけた。

「みっ、瑞樹さんっ？」

いったいこれはどういうことなのか。この副支配人といったいどこへ向かうというのか。瑞樹に時間がないことはわかっているが、せめてもう少し話をしてくれてもいいのではないのか。

たくさんの疑問が浮かんでは消えて、玲奈の胸の真ん中あたりが、ぎゅっとつかまれたように、苦しくなる。

「あのっ……」

慌てて玲奈も、彼の後を追いかけようとしたのだが、瑞樹は途中で肩越しに振り返ると、少し申し訳なさそうに、

「悪い。タクシーに乗って帰ってくれるか。じゃあな」

と言い、足早に副支配人と一緒に出ていってしまった。

ポツンとひとり取り残された玲奈は、呆然とその場に立ち尽くしたが、胸のざわめきは止まらない。やはりこのままではとても納得できない。

「あの……ちょっ、ちょっと待って！」

カフェの個室を飛び出し、ホテルの正面玄関に向かってロビーを突っ切る。

瑞樹とひと言でも、話がしたかった。だがほんの少し、遅かったようだ。

エントランスの車寄せで黒塗りのハイヤーの後部座席に乗り込んだ瑞樹と、その隣に麻未の姿が見えた。立派な制服に身を包んだドアマンがハイヤーのドアを閉めると同時に、滑るようにハイヤーは走り出した。

「あっ……！」

ちらりと麻未が、ウィンドウ越しに視線をよこした気がしたが、あっという間に車は見えなくなってしまった。

「いったい、どういうこと……？」

玲奈は不安に駆られながら、車が走り去った方向を、いつまでも見つめていた。


一方、瑞樹は――動揺していた。いや、後悔といったほうが正しいかもしれない。

（失敗した……この女、珍しくホテルにいたんだな）

ハイヤーの中で窓の外を眺めながら、ひそかに奥歯を噛みしめる。

玲奈に東京駅そばのホテル・ラルジャンへ連れていかれた段階で、違う提案をするべきだった。だが玲奈が、食べたいものを食べてニコニコしている顔を見たいがために、つい足を踏み入れてしまった。

一応素知らぬ顔をして通り過ぎたはずだが、南条家の御曹司である自分の顔を、それなりの格があるホテルの、ドアマンやカフェ、レストランの責任者が知らないはずがない。

せめて口止めしておけばよかったが、瑞樹が来たことはすぐにホテルの上層部へと連絡が入り、それから麻未の耳に入ったのだろう。

「――こうやって話すの、何年ぶりかしら」

隣に座っている麻未が、上品に笑う。

「さぁ、忘れたな」

本当に、最後に話したのはいつだったか、瑞樹はまったく記憶になかった。

瑞樹にとって、池松麻未という女性は、極力距離を取りたい種類の人間だった。

彼女は、瑞樹の何十人もいる幼馴染グループのひとりだ。同い年で、同窓で、そして質の悪い女でもある。

誰もが見惚れるような笑顔を浮かべながら、その心の中にナイフを持ち、突き立てることを考えている。平気で人を裏切るし、切り捨てる。外面はとびっきりいいので、たいていの人間が騙されてしまう。

それが悪いということではない。大人の社交、ビジネスでは有効だろう。ただ、そんな人を気疲れさせる性質が完全に身についている人間と、長時間、同じ空間にいたくないというだけだ。

(改めて玲奈の貴重性が浮き彫りになるな……)

玲奈は違う。心と表情、態度が繋がっている。

悲しい時は悲しい顔をするし、嬉しい時は嬉しい顔をする。

もちろん、気持ちを悟られないように取り繕うこともあるが、すぐにわかる。

一緒にいて、安心する。気を張らずにそばにいられる。自分もひとりの人間として、完璧でいなくてもいいと思える。

そんな玲奈だから、麻未のような女からは遠ざけておきたかった。あのまま麻未をあそこに置いておけば、玲奈になにかひどいことを言うのではないかと思い、引き離すために、出てきたのだ。

玲奈が、驚いたように、目を丸くしていたことは覚えているが、この場合は仕方なかったとしか、思えなかった。

そのくらい、この池松麻未という女は、扱いが面倒なのだ。

「忘れたって……ひどいわ。元婚約者でしょ」

あだっぽく笑われて、うんざりする。

元、婚約者。その単語が、瑞樹の憂鬱な記憶を呼び起こす。

「ああ、そうだな。親同士が、俺たちがまだガキの頃に決めた話だ。俺は納得していなかったし、結局婚約を破棄したのはお前のほうだ」

「あら、素行の悪い婚約者を持った私は、みんなに同情されたわよ。誰も私が悪いって、言わなかったわ」

クスクスと麻未は笑って、すらりと長い足を組んだ。

「そうだろうな」

だが瑞樹は、そんな麻未を冷めた目で観察するだけだった。

南条家と池松家の婚約話が持ち上がったのは、瑞樹が高校に入る頃、十五年も昔の話だ。今思えば、素行が悪くなりつつあった瑞樹を落ち着かせようとする、両親の苦肉の策だったのだろう。

確かにあの頃の瑞樹は、寂しさを埋めるために、かなり自由に、好き勝手振る舞うようになっていた。両親が屋敷にいないのをいいことに、気の合う友人たちとつるんで、まったく家に帰らない日々を送っていた。

一方、池松家の令嬢である麻未は、誰の目から見ても完璧なお嬢様で、将来南条グループの頂点に立つ瑞樹の妻に、ふさわしかったのだろう。

だが瑞樹は、いつも微笑みを浮かべている麻未の、目の奥がまったく笑っていないことに気づいていたし、こんな女と結婚させられるくらいなら、死んだほうがマシだと本気で思ったのだ。

冗談でも、口説いてみようという気などまったく起きなかったし、麻未のほうも、プライドが高いせいか、自分から近づいてくる素ぶりなど、一度たりとも見せなかった。

なので瑞樹は、婚約が決まってからは落ち着くどころか、なおいっそう意識的に遊び回り、方々でわざと悪名を流した。そして無事、大学を卒業する頃には、池松家からの申し出で、婚約を破棄されたのだ。

瑞樹はホッと胸を撫で下ろしたし、一方麻未は、素行の悪い南条家の御曹司と、過ちを犯す前に別れられてよかったと触れ回っていたはずだ。その上、南条家からそれなりの謝罪と、見返りを受けている。

そして婚約解消後は、ほとぼりが冷めれば、麻未は新しい男と結婚するだろうと思っていたのだが、そうではなかった。上流階級の男と何度か噂にはなったらしいが、結局未婚のままだ。瑞樹はそれが意外だったが、興味もないので今日ここに来るまで、特に思い出しもしなかった。

「で、話とはなんだ」

瑞樹は冷めた目線で、隣の麻未を見つめる。

プライドの高い麻未にとって、瑞樹は〝自分に恥をかかせる忌まわしい存在〟でしかなかったはずだ。

どんないちゃもんをつけられるのかと、うんざりした表情を隠さない瑞樹に向かって、

「あなたと私の、婚約のことよ」

そう言って、麻未はクスクスと笑った。

「やり直してあげても、いいわ」

「――は?」

瑞樹は予想外の提案に、目を見開いた。

「なんだって?」

言われた言葉ははっきり聞こえた。なにを意味するかも理解した。だが、つい聞き返してしまった。そのくらい、瑞樹にとって、麻未の言葉は寝耳に水だった。

「だからね。あのパッとしない子と婚約したといっても、まだ正式にお披露目されているわけではないでしょう? まぁ、結納はしているみたいだけど、大した問題はないわ。お金でどうにかなるでしょう。だから、いい機会だわ。やり直してあげようと思っているの」

麻未は美しく整えられた指先で、瑞樹と自分を指さす。

「私たち、そもそも釣り合っていたわ。今でも、そうだって思ってる。昔は、夫に女遊びをされる妻なんて、恥ずかしいから絶対に嫌だって思ったけれど、今のあなたは少し変わったみたいだし……。大人になって、私に追いついたんだなってわかったから、許してあげようって気になったの」

「…………」

瑞樹は真顔で、麻未の言葉を聞いていた。

（なるほど。俺の最近の素行を調べたのか……）

実際、玲奈を好きになってから、瑞樹はゆきずりの関係は一度も持っていない。

玲奈と婚約してから、人が変わったと、一部界隈でおもしろおかしく言われているのも、耳に入っている。

そういう男だったのだから仕方がないが、いまだに誘惑されることは多い。けれど今は、『婚約者を愛していますので』と華麗にかわしている。

それは当然のことだ。玲奈を失うわけにはいかないし、玲奈以外の女に、まず興味がないのだ。

（こいつは、俺が今、玲奈を心から愛してるなんて、微塵も想像できないんだろうな。だからこんなつまらない提案をしてくるんだ）

内心呆れるが、麻未だけを責めるつもりは、瑞樹にはない。

自分だってずっと、他人の感情に無関心だった。大勢にいい顔をしつつ、誰ひとり大事にしようと思わなかったし、その場限りのスリルを楽しむ、恋愛ごっこをしてきただけだ。

女性との付き合いの中で、一方的に期待させるような嘘をついた覚えはないが、褒められはしないことを、何度もしている。本当に、ダメな男だったし、玲奈に出会わなければ、死ぬまで変わらなかったかもしれない。

そう思うと、玲奈との出会いは、瑞樹にとって大きな転機だったのだ。

(俺は変わったんだ)

昔と変わらない傲慢さで近づいてくる麻未には、正直言って、うんざりだった。

「どうしようもないな」

瑞樹は軽く息をついた後、バッサリと切り捨てるように言い放つ。

「えっ?」

「お前は相変わらずつまらん女だし、俺もつまらん男だった。猛省するばかりだ」

そこで、ハイヤーが東京駅に近づく。

「ここでいい」

瑞樹はそう言って、ハイヤーを停めると、即座に車から降りて、スタスタと歩き始める。

「瑞樹っ!　どういうことなのっ!」

背後から苛立ったような声がしたが、無視した。

瑞樹にとって、女性は玲奈ひとりだけだ。結婚したいと思うのも、そばにいたいと思うのも、心も、体も愛せるのは、玲奈だけなのだ。

けれどそれを、麻未にどうこう説明する気などない。

「一応、連絡しとくか」

そして瑞樹は、ジャケットのポケットからスマホを取り出して、玲奈の番号をタップする。だが玲奈は電話に出なかった。

（移動中か……？）

仕方なく切断した後は、メッセンジャーアプリを立ち上げた。

【今から新幹線に乗る。なにも問題ない】

そう送って、またポケットにしまった。

（あんな女のことは忘れるに限る）

そして瑞樹は、あっさりと昔の婚約者のことを、忘れてしまったのだった。

忠告と提案

気がつけば、秋の気配が近づいてきた、十一月。

玲奈は、今後自分の仕事を引き継ぐ人のためにと、新しくマニュアルを作成する日々を送っていた。別にマニュアルを作れと言われたわけではないのだが、忙しくしているほうが気が紛れると思ってのことだ。

悩みの原因は、池松麻未という美しい女性の存在だ。

ホテル・ラルジャンでの出来事を、玲奈はあれからずっと、気にしている。

瑞樹は相変わらず玲奈を大事にしてくれるし、隠しごとをされている感じもしない。

(瑞樹さんは、昔の知り合いだから問題ないって、それっきりだったけど……)

だが、気になってしまうのだ。

根拠は女の勘、と言えば笑われてしまうかもしれないが、玲奈は確かにあの時、自分に対する麻未の目から、どこか下に見られていることを感じ取った。

なぜ、あなたが南条瑞樹のそばに？　そう言われているような気がした。

(まぁ、私の思い込みなんだろうけど……)

きっと、自分に自信がないから、そんな風にうがった見方をしてしまうのだ。

（そんなの、池松さんにも失礼よね……）

「はぁ……私、最悪だな……」

玲奈は反省しながら、ため息をつき、またキーボードの上に指を走らせる。

「おっはよ～」

それから間もなくして、ガンちゃんさんがモップとバケツ片手に、総務部に顔を覗かせた。

「ガンちゃんさん、おはようございます」

「あらっ、藤白ちゃん、ちょっと痩せたんじゃない？」

「えっ⁉」

指摘にぎくりとしながらも、玲奈は頬のあたりに手をのせる。

実はつい数日前、瑞樹の実家に招かれて、何度目かのウェディングドレスの採寸をしたのだが、デザイナーからは、『これ以上痩せないように』と釘を刺されたばかりだった。

完全オーダーメイドで、玲奈の体にぴったりのウェディングドレスは、レースやフリルをふんだんに使ったかわいらしくも上品なデザインで、藍子は採寸の様子だけで狂喜乱舞していた。ちなみに瑞樹はその場に近づくことすら許されていない。藍子が『当日まで見るの禁止！』と決めてしまったのだ。

最初はブツブツと文句を言っていたが、母の言葉に結局負けて、諦めていた。

（本番を楽しみにするって言ってたっけ……ドレスに負けないといいけれど）

「痩せたっていっても、少しだけですよ」

玲奈はあははと笑う。とはいえ、どれだけダイエットをしてもびくともしなかった体重が、三キロも落ちていた。これまでいたって普通の9号サイズだったが、スカートのウエストはぶかぶかだ。

「ダイエットしてるの？」

「そういうわけじゃないんですけど」

玲奈は苦笑しながら、首を振った。

ガンちゃんさんは妙に生真面目な表情で、ぐいっと玲奈に顔を近づける。

「うーん、きれいになったとは思うけど、あまり無理に痩せないほうがいいわよ。それでなくたって、花嫁は結婚式前は痩せちゃうんだから」

「そうなんですか？」

「ナーバスになることが多いのよね。私もそうだったわ～」

ガンちゃんさんが、訳知り顔でうんうんとうなずく。彼女も数十年前に、そんなことがあったらしい。

玲奈は少し考えて、周囲を見回した後、ガンちゃんさんに声をひそめて尋ねる。

「実は、ちょっと落ち込んでるんです」

これは、初めての告白だった。

少し年の離れた、身内でもない彼女だから、言えたのかもしれない。

「あら、どうして？」

「私……その、彼にふさわしくないんじゃないかって」

「ああ……そういうこと～！」

それを聞いて、彼女はなるほどと眉をひそめ、うなずいた。

「相手が南条だもんね。まぁ、そう思う気持ちはわからないでもないけど……」

「ですよね⁉」

同意してくれるガンちゃんさんの言葉に、玲奈はどこか焦ったようにうなずいた。

「なんていうか、こないだ、彼の知り合いの女性にばったり会って……大きなホテルの副支配人らしくって、私とそう年も変わらないのに、すごく洗練されてて、自信満々って感じで……！　しかもすごく美人だし、本来ならこういう感じの人がよかったんじゃ?とか思っちゃったりして……!」

一度口に出すと、不安は次から次へと、口をついて出る。

「だから、いつか私なんか、飽きられちゃったら、目も当てられないなーって……あはは……」

あまり深刻な気分になりたくない。そう思って、ちょっと笑ってみたのだが、唇が歪むだけで、実際はまったく笑えなかった。

「藤白ちゃん……」

ガンちゃんさんが、そんな玲奈の肩に手を置いて、優しく言葉を続ける。

「悩むのもわかるけどさ、でも、好き合って、長い人生を共に生きよう、結婚しようって決めたんでしょ? だったら腹をくくらなきゃ。頑張んなさいよっ!」

そして、元気を出せと言わんばかりに、肩のあたりをバシッと叩かれてしまった。

「あ……」

その瞬間、玲奈はガツンと頭を殴られたような気がした。目の前が、真っ暗になって、息を忘れそうになる。

だがガンちゃんさんは、そんな玲奈の異変には気づかないまま、

「じゃっ、まだ仕事終わってないからさ、行くね。まったねー」

と、総務部のフロアから出ていってしまった。

「あっ、はい……お疲れ様です……」

玲奈は笑ってその後ろ姿に手を振ったが、彼女の言葉は、ぐさりと心に突き刺さったままだった。

『好き合って、長い人生を共に生きよう、結婚しようって決めたんでしょ？』

とっさに、でも私たちは違うんですと言いそうになった自分が、情けなかった。

「そっか……でも、普通はそうだよね」

玲奈は覚悟などしていなかった。どうせ離れるのだからと、なんとも思っていなかった。

だが、彼を好きになって初めて、不安が生まれている。

ひとり残された総務部のデスクで、玲奈はうつむいた。

自分の未熟さが心に刺さって、痛くてたまらなかった。

【今日はちょっと行けないです。用事ができてしまって。ごめんなさい！】

その後、昼休みに、うさぎが平謝りしているスタンプと一緒に、瑞樹にメッセージを送った。

本当は今日、瑞樹の部屋に泊まりに行く予定だった。だがこんな気分で、瑞樹と楽しく過ごせる自信がない。

(瑞樹さんは、私と一緒にいると、いつも楽しい、癒されるって、笑ってくれる……。日々の業務の中で、疲れてる中で、それが気分転換になってるのなら、私が落ち込んでる時には会わないほうがいいよね……)

小さなプライドかもしれないが、玲奈は、瑞樹が望む自分でありたかった。悩む自分など、見せたくない。


仕事を終えた帰り道。

(気分転換にどこかに寄って帰ろうかな……)

そんなことを思いながら、トボトボと駅に歩いて向かっていると、

「こんばんは」

と、声をかけられた。

一瞬、なにかの勧誘かと思ったのだが、目の前に立っていたのは、誰もが知る超高級ブランドのセットアップスーツを身につけた、池松麻未だ。

「あっ」

なぜここに彼女がいるのだろう。

驚き立ち止まる玲奈に、麻未はにっこりと笑いながら、そっとバッグを持つ玲奈の腕に手をのせた。

「話があるの。車に乗ってくださる？」

「えっ、でも」

「すぐ終わるわ」

そのまま腕をつかまれ、グイグイと歩き出す麻未に、玲奈には口を挟む余地もない。

（なんなの……？）

「さ、座って」

ロータリーに停まっていた黒塗りの高級車の後部席に押し込まれる。革張りの高級ソファーのような座席の上で、玲奈は戸惑いながら、後から乗ってくる麻未の顔を見つめた。

「適当に流して」

麻未がそう言うと、運転手が「はい」とうなずき、車を発進させた。

すうっと走り出す車から見える景色に、玲奈は胃のあたりがぎゅっと締めつけられる。

「あの……お話ってなんですか?」

勇気をもって、絞り出した声は震えていた。麻未はすらりと長い足を組み直しながら、座席で縮こまる玲奈をおもしろそうに見つめる。

「あなた、あの人と付き合ってなんかないでしょ」

「えっ」

いきなりの指摘に、心臓がドキッと跳ねた。

あの人が誰かと言われなくたって、瑞樹のことだとすぐにわかった。

「わかってるのよ。調べたもの」

美しくカールした髪を手の甲で払いながら、麻未はまた軽やかに笑った。

「あなたは両親からお見合いの話を勧められて、焦ってたみたいね。瑞樹と婚約する直前の六月まで、合コンばかりしていた。でも、結果は出ないまま……それからいきなり、瑞樹と結婚でしょ? すごく、おかしいわよね」

「――それは」

「この不可思議な結婚は、瑞樹からの提案、契約結婚なんでしょう」

彼女の指摘は、ずばり、核心をつく。

調べたというのは本当なのだと、玲奈は頭が真っ白になった。

「普通だったら、南条本家の御曹司が結婚するというのに、親類縁者やあなた個人を調べないはずがない。親がお見合いをセッティングしようとしていたこと、あなたが合コンしてたことなんて、すぐにバレるわ。そうじゃないってことは、きっと瑞樹の助言があったからでしょうね。瑞樹が、初めて結婚に積極的な態度を演じてみせたから、ご両親や親族は信じたんだわ。だって、特別に頭のいい瑞樹が、あなたみたいな平凡な女に騙されるはずないもの。だからみんな、この結婚は本物だって、勘違いしたんだわ」

麻未はなにが楽しいのか、うふふと声をあげて笑った。

「だとすると、このおかしな結婚は、偶然近場で同じような立場だったあなたに、結婚を面倒くさがっていた瑞樹のほうから、自発的に持ちかけたものだって考えるのは、当然の帰結でしょう？」

長いまつ毛に囲まれた瞳で、麻未はじいっと食い入るように、玲奈を見つめる。

「結婚ってね、家と家を結ぶものよ。なのにそんなお遊びみたいな結婚をしようとするなんて……馬鹿みたい。あなた、いったいどれだけ自分が、周囲の人に迷惑をかけてるか、わかっているの？」

「迷惑……って」

玲奈の唇が、わなないた。

「ええ、そうよ。たとえば瑞樹の、元婚約者の私」

「婚、約者？」

その言葉を聞いて、全身から血の気が引く。

「ええ。お互い若かったから、婚約は破棄してしまったけれど、私はなんだかんだ言って、瑞樹の相手は私しかいないと思っていたし、いずれそうなると思っていたのよ。なのに急に、婚約したって……しかも相手があなたみたいな、なにも持たない相手だなんて……南条家にとって、マイナスだわ。ある意味、日本経済の損失じゃなくて？」

麻未は軽くため息をつき、それからほんの少し、声を落とす。大きな、猫のような目が、じいっと玲奈を見据えて、暗く光る。

「身の程を知りなさい。そしてわきまえなさい。あなたは南条家にも、瑞樹にも、ふさわしくないのよ。今はよくても、いずれ大問題を起こして、自分だけじゃない、周囲に迷惑をかけるわよ。そうなったら、どうやって償うの？」

その声に、眼差しに、迫力に。玲奈は完全に言葉を失った。

「っ……」

確かに最初は契約結婚だったけれど、今は違う、そうじゃないんだ、とか。ご両親は反対しなかった、とか。そもそも今自分たちは愛し合っているんだ、とか、いろんな反論の言葉が、頭の中をすごいスピードで駆け抜けていく。

けれど――玲奈は言い返せなかった。

彼女が最初から玲奈をよく思っていなかったのは、なんとなくわかっていたが、その理由を聞けば、それも当然だと思ってしまった。

なぜなら自分は、瑞樹にふさわしくないからだ。

（彼女が言うことは全部、本当のことだわ……）

玲奈は膝の上でぎゅっとこぶしを握る。

傷つき、うつむいた玲奈を見て、麻未は満足したのか、ふっと表情を和らげた。

「適当なところに停めて」

車が停車してから、持っていたバッグから分厚い封筒を取り出した。

「もちろんタダとは言わないわ。さ、持って帰りなさい」

膝の上に、ドサッと封筒を置かれる。一瞬なにかわからず、玲奈はぼうっとする頭でそれを手にし、中身を見てハッとした。

（お金だ！）

それはまとまった金額の、札束だった。

その瞬間、それまで呆けていた玲奈の全身に血が駆け巡る。瞼の裏が、怒りで真っ赤に染まったような気がした。

「失礼なこと言わないで！」

玲奈ははっきりと叫ぶと、封筒を麻未の膝の上に叩きつけ、車から飛び降りる。

勢いあまった玲奈はつまずいて、コンクリートに膝を打ち付けてしまったが、不思議と痛みは感じなかった。

すぐに立ち上がってバッグをつかみ、そのまま、やみくもに早歩きで前へと進んだ。

足を前に繰り出すたび、じんじんと痺れが走る。

だが痛いのは、膝ではなく、胸の真ん中で、玲奈の心だった。

(悔しい……悔しい、悔しいっ！)

そもそも、自分が瑞樹と結婚しようと思ったのは、ただ見合いで結婚をしたくなかったからだ。一年経ったら離婚して、新しい人生を歩んでやると、百パーセント、自分のことしか考えてなかった。

けれど思いがけず、契約結婚の相手である瑞樹に愛され、生まれて初めての恋に落ちた玲奈は、瑞樹に包み込まれるように愛される喜びに舞い上がって、このまま幸せになれると思い、いろんなことをすっとばしてしまった。

結婚は家と家を結ぶもの。身の程を知らない、わきまえていない。玲奈は、南条家にも瑞樹にもふさわしくなく、いずれ大問題を起して、周囲に迷惑をかける。

麻未の言葉を、時代錯誤だと笑えなかった。

釣り合わないのは事実だ。そして、自分がなにか問題を起こしたとしたら、笑われるのは、自分だけではない。自分を選んだ瑞樹、そして結婚を認めた、お互いの両親も巻き込んでしまうに違いない。

一年後離婚すればいいだなんて、本当に、自分がいかに子供のような考えをしていたのか、今さら気がついて、情けなくてたまらなくなった。

「ふさわしくない、わきまえろ……ほんと、そうだよねっ……」

笑おうとしたら、頬がひきつった。

途端に、鼻の奥がツンと痛くなって、視界がにじんで、よく見えなくなった。

道の真ん中で突然立ち止まった玲奈に、行き交う通行人が怪訝そうな顔をしたが、玲奈の目にはなにも映らなかった。

ブルブルブル……。

バッグの中のスマホが、振動する気配がした。手を伸ばしかけたが、瑞樹かもしれないと思うと、スマホを見るのが怖くなった。

結局バッグを持ったまま、よろよろと駅に向かって、歩き始める。

電車に乗る前に、破れたストッキングはトイレで脱いだ。膝下は、すりむいて血がにじんでいた。手持ちの絆創膏を三枚ほど貼ってなんとかごまかしたが、ズキズキと痛い。

(転んで怪我するなんて、たぶん子供の時以来よね……)

笑いたいような情けないような気がして、胸が塞ぐ。

なんとか自宅近くの最寄り駅まで帰り着いて、改札を出ると、すぐそこに瑞樹が待っていた。

「嘘、なんで……?」

彼がここにいるはずがない。だから幻覚を見たのかと思った。

仕事を抜けてきたのか、スーツ姿の彼が、柱にもたれるように立っていて、それだけで辺りが華やいで見える。老いも若きも女性の注目を当然のように浴びているが、本人はいたって気にしていないのか、改札だけに注視していたようだ。

そして立ち尽くす玲奈を見つけるや否や、妙に生真面目な顔で近づいてくる。

「玲奈」

「あ、あの……どうして、ここに？」

たった今、麻未とやりあったばかりだ。まともに顔が見られない。

思わず目を逸らすと、肩に手が添えられた。

「タイミング的に、ここで待ってれば会えると思った」

そして瑞樹の声が、少し柔らかく変化する。

「今日、来られないのは別に仕方ないんだが、理由が気になった。電話にも出ないし」

「それは……」

まさかここまでやってくると思わなかった玲奈は、口ごもる。

家ではなく、改札で玲奈を待ったのは、ふたりの間のことを、家族に心配させないためなのかもしれない。瑞樹らしい気づかいだ。

だが今は、その明晰さが怖い。

「別になにも」

麻未が来たことを話したくない。彼女の言葉に傷ついて、反論もできずに逃げ帰ったことも、言いたくない。瑞樹の前では弱い自分でいたくない。感情を動かしたくない。ただ凪（なぎ）のように静かでいたかった。

けれど、『別に』と言いながら、明らかに普通ではない態度をとっている自分に気がついた玲奈は、なんとか顔を上げ、謝罪の言葉を口にした。

「ごめんなさい」

「いや……謝らなくていいんだが」

うなずきながらも、瑞樹は納得できないような表情で、じいっと玲奈を見つめる。

「実は体調が悪かったの」

玲奈はそう言って、へらっと笑ってみせる。

そう言えばこのまま諦めてくれるだろう、そう思ったのだが。

「そうか。じゃあ今から病院に行こう」

「えっ」

「最近、痩せただろう。言うと気にするかと思ったんだが、疲れが溜まっているのかもしれないな」

そう言うや否や、瑞樹はスマホをポケットから出して、どこかに連絡を始める。

「あっ、ちょっと待って！」

慌てて玲奈は、その手をぎゅっと両手で包み込むようにして、電話を止める。

「どこにかけてるの？」

「かかりつけだ。おかしなところじゃない。俺の幼馴染グループに、病院を経営している奴がいるんだ。そこに連絡するから、安心していい」

その言葉を聞いて、サーッと全身から血の気が引いた。

医者になんか行きたくないし、そもそも玲奈の体はどこも悪くない。あくまでもメンタルが疲れているだけだ。なにも考えたくないだけ。少し瑞樹と距離を置いて、時間が経てばきっと、気分は持ち直すはずだ。

なのに彼は、自分の知り合いの病院に連れていくと言う。

「大丈夫だからっ……！」

「は？」

それを聞いて、瑞樹は秀麗な眉をぎゅっと寄せた。

「体調が悪いから俺と会わないって言ったじゃないか。それが医者には行かない、大丈夫だってどういうことだよ？」

「それはっ……」

玲奈はどう反論したものかと息をのむ。

だが、精神的にひどく疲れていた玲奈は、本当に、もうなにも考えたくなかった。

「医者に行くほどじゃないって言ってるの……じゃあ私帰るから……ごめんなさい」

と、その場を離れようとしたのだが、すぐに回り込まれて、腕をつかまれる。

「お前な……」

そしてそのままグイグイと、駅構内の壁際まで引っ張られてしまった。

状況はどんどん悪くなる。負のスパイラルだ。

なにか言わなければと思うが、言葉が出てこない。無言でうつむいていると、頭上で瑞樹が軽くため息をつく声が聞こえた。

「――玲奈、どうして俺を見ない」

瑞樹が苛ついているのが気配でわかる。

だが玲奈も同じように、心がざらついていた。喉が詰まったように苦しくなり、言葉が出ない。

瑞樹にしたら、玲奈の気分に振り回されているとしか思えないだろう。実際そうなのだが、悪いと思っても素直になれない。

ただつかまれた手を離してほしくて、腕を自分の体に引き寄せると、

「玲奈――って、お前……膝、どうしたんだ！」

突然、瑞樹が驚いたようにその場にひざまずいた。膝は、絆創膏を貼っているが、血がにじんでいた。

「……っ……！」

玲奈は息をのむ。

この誰よりも美しく誇り高い男が、玲奈の前にひざまずいて、慌てたように目を見開いている。

ふさわしくない。こんなことは、南条瑞樹にふさわしくない。

じゃあそんなことをさせているのは、誰？

（私だ……！）

玲奈は泣きそうになりながら、唇を噛みしめた。

「ちょっと……転んだだけだから」

「馬鹿っ、なんで黙ってた。やっぱり病院行かなきゃダメだろ。冗談じゃないぞ」

瑞樹は立ち上がると、玲奈の肩に両手を置いた。

じっと見つめる彼の瞳は、怒りも苛立ちもなく、ただ玲奈を気づかい、心配しているだけで――。

（私は勝手にイライラしてるのに、この人は優しい。どうしてなの、なんで優しくしてくれるの……？）

優しくされると、苦しくなる。

彼の人生の邪魔をしているのではないかと、劣等感が刺激される。

どう説明していいかわからない感情が、ぐわっとこみ上げてきて、ポロリと、涙がこぼれた。

玲奈も驚いたが、それ以上に、瑞樹は大きく目を見開いた。

「玲奈……?」

「あっ……」

戸惑う瑞樹の声を聞いて、自分に、そして優しすぎる瑞樹に、我慢がならなくなった。

(なんで、私っ……!)

とっさに玲奈は、叫んでいた。

「だからっ……なんで、放っておいてくれないの! グイグイ来ないでよ! そんな風に近づいてこないで! 苦しいのっ、息ができなくなるのっ!」

その瞬間、瑞樹が凍り付いたように体を強張らせ、息をのんだ。

ほんの数秒、ザワザワとうるさい構内から、すべての音が消えたような気がした。

玲奈の手が、カタカタと震える。

(もう嫌だ、私なんでこんなところで大きな声出して……っ)

思わずぎゅっとこぶしを握ったところで、

「――そうか。そうだな……しつこくして悪かった」

瑞樹は謝罪の言葉を口にした。そして苦笑して玲奈から手を離すと、無言でくるりと踵を返し、改札のほうへと向かっていく。

あっという間に瑞樹の姿を見失って、玲奈の顔から、血の気が引いた。

今自分はなんと言っただろうか。

そうだ。近づくなと言った瞬間、瑞樹は鋭い刃物で切りつけられたような表情をしなかっただろうか。

ほんの数分のことだったが、頭が真っ白だった玲奈は、自分が瑞樹を傷つけたことに、ようやく思い至った。

（私……自分が逃げたいばかりに、瑞樹さんにひどいことを言った……）

いつだって余裕があって、玲奈を包み込むように愛そうとする彼の前にいると、自分のダメさ加減があらわになるような気がして、拒んでしまった。

だが瑞樹だってひとりの人間だ。傷つかないはずがない。

「私、馬鹿だ……」

後悔の言葉をつぶやいても、遅い。

玲奈はこぼれ落ちる涙を手の甲で拭きながら、その場にいつまでもうつむき、立ち尽くしていた──。


いつもより早めに、玲奈は、ゴロンとベッドに潜り込んで目を閉じていた。

どうしようもない自分への、やり場のない苛立ちが、ぎゅうぎゅうと心を締めつける。いい考えなどなにも思いつかない。

(嫌われたよね……絶対に、嫌われた……)

小さい頃から異性を除けば、誰とでも仲よくなれた。反抗期もなかったし、両親に悪態をついたこともない。なのに、玲奈は生まれて初めて、今、一番大事だと思う人に、きつい言葉を吐いてしまったのだ。そんな自分が信じられなかったし、嘘だと思いたかった。

だが、現実逃避をしたところで、瑞樹に放ったひと言が、なかったことになるわけでもない。

謝りたいが、瑞樹はもう自分にがっかりしているだろうし、声も聞きたくないと思っているかもしれない。そう思うと、スマホに手が伸びない。

(言われた通り、婚約破棄をしたほうが……いいのかな……)

腕の中にはラクダのラクタロウ、そして枕元にはペンギンのぺこたろうがいる。

目を開け、じいっと眺めていると、

『ちゃんと顔を見て、お前に似てかわいいのを選んだぞ』

このぬいぐるみをくれた時の瑞樹の顔が思い浮かんで、胸がぎゅっと締めつけられた。

釣り合わないから、結婚をやめたいと申し出たら、いったいどうなるだろう。

彼の両親も傷つけるだろうし、そして玲奈の家族だって、いきなりどうしたのかと胸を痛めるに違いない。

今朝、ガンちゃんさんが言ったように、結婚は、本来は『好き合って、長い人生を共に生きよう』と決めたふたりがするものだろう。

だが自分は、離婚前提で話を進めて、今さら好きになってしまったから、こんなことで悩んでいるのだ。

そんな情けない自分に、激しい嫌悪感がこみ上げてくる。

「私の根性なしっ……！」

ベッドの中で足をばたつかせた後、むくりと起き上がって、部屋を出る。

一階に下りて冷蔵庫から缶チューハイを取り出し、プルトップを開けて口をつけると、たったひと口でも、しゅわっと甘い炭酸が喉を滑り落ちていく。

「ううっ……」

全身にアルコールが回っていく感覚に慣れない。

思わずぎゅっと目をつぶると、

「あら、どうしたの？」

キッチンで洗い物をしていた母が、不思議そうに振り返った。

「なんとなく飲みたい気分で……」

玲奈は、普段はほとんどアルコールを飲まない。

なにか言われるかと思ったが、

「じゃあちゃんとコップに移して飲みなさい」

母は食器棚からガラスのコップをふたつ出して、ダイニングテーブルの上に置いた。

「どうしてふたつなの？」

「玲奈はロング缶ひとりで飲めないでしょ？」

いたずらっぽく笑う母に、玲奈は苦笑する。

「そうだね……」

素直にグラスに分けて、母とテーブルに座った。

「お父さんは？」

「町内会の集まりだって」

「ふぅん……じゃあ帰ってくるのは深夜だね」

父の跡を継ぐ予定の義理の兄も、一緒に行っているらしい。祖母は当然だが、姉は子供たちと一緒にもう眠っているのだろう。広い家に起きているのは母と自分だけと思うと、なぜか不思議な感じがした。

ちびちびと甘い缶チューハイを飲みながら、母と他愛もない話をしていたのだが、コップ一杯飲んだところで、顔どころか、全身が熱くなってきた。

「酔っぱらった……かも」

夕食も、ほとんど手がつけられなかったので、酔いが回るのが早かったようだ。

むにゃむにゃとつぶやきながらテーブルに突っ伏すと、アルコールに強い母が、笑って頬杖をつく。

「まるで子供じゃない」

とはいえ、娘を見る目はとても優しい。

「これで結婚するとはねぇ～」

しみじみしながら、玲奈の後頭部を撫でる。

その結婚が、ダメになるかもしれない。

だがまだ、玲奈の口からそれを言うのは抵抗があった。

「なによ……無理やりお見合いさせようとしたくせにぃ……」

すべてはそこから始まったのだ。両親が見合いをすると言い出さなければ、玲奈は今、こんなに苦しい思いをしていなかったはずだ。

「だって心配だったんだもの……あなた、このまま一生独身でも構わないや～っていう、謎の風格があったわよ」

「なにそれ……」

玲奈は苦笑する。

「だから言葉の通りよ」

母の言葉はわからないでもない。

玲奈は現状に不満がなく、このまま大好きな家族と一緒に、ずっと楽しく暮らせたらと本気で思っていたのだから。

「部屋で寝なさい。二階まで連れて上がれないわよ」

「わかった……」

玲奈が椅子から立ち上がると、「玲奈」と、母が背後から呼びかけてきた。

「なに……？」

目をこすりながら振り返ると、母が優しく微笑んで、目を細める。

「私たちはあなたが幸せだったら、それでいいんだからね。それは本当なんだから。幸せになりなさい」

それはまっすぐな愛情からくる言葉で、

「――うん。ありがとう」

母の思いに、玲奈は鼻の奥がツンと痛くなった。

階段を上り、自分の部屋のベッドに倒れ込むと、ベッドに溶けてしまいそうなくらい、深い眠りが襲ってくる。

あれこれと悩んでいたが、母と話して少し気持ちが落ち着いたのを、玲奈は感じていた。幸せになりなさいと言ってくれた母の言葉が、尖った玲奈の心を丸くしてくれたようだ。

「とりあえず、瑞樹さんにちゃんと謝ろう……」

彼が許してくれるかどうかはわからない。けれど傷つけたままでいいはずがない。

（きちんと謝って……そして……私の気持ちを伝えてみよう……）

玲奈はそのまま目を閉じていた。

一方――駅前にある、とあるホテルのバーの個室には、一本数万円のワインから、その十倍の値段がするワインまで、どれも同じように空き瓶になった状態で、転がっていた。そしてソファーには、瑞樹が転がっている。

「お前……どうしたんだ」

少し驚いた様子で声をかけてきたのは、ひとりの長身の男だ。瑞樹は、自分を見下ろしている彼を、下から睨みつける。

「じろじろ見るな……」

「いやいや。ちょっと瑞樹、飲みすぎだろ〜。っていうか、なんでひとりでいるの？あれっ、他のみんなは？」

嬉々とした様子で聞かれて、瑞樹はこの男を呼び出したことを、徐々に後悔し始めていた。

「うるせぇ……」

「うるせぇじゃないよ、ったく……呼び出しておいて……あっ、こういうシーン珍しいから証拠保全だ」

スーツのポケットからスマホを取り出して、男は酔った瑞樹を、パシャパシャと撮影する。

彼は神尾閑といい、瑞樹の幼馴染で、親友でもある弁護士だ。玲奈が以前、名前から女性だと勘違いした男である。

少しウェーブがかかった茶色い髪に、切れ長の二重瞼にはまっている瞳は、髪と同じ色で明るい。瑞樹とは違うタイプの、甘めで華やかな美男子だが、そのスーツの襟元には、秤を取り囲むひまわりの意匠の、弁護士バッヂが輝いている。

「お前には珍しい酔い方だなぁ……。なんだかんだ言って、瑞樹は育ちがいいから、俺と違って外で酔ったりしないのに……ふむ。さてはなにかあったな？」

閑は好奇心でキラキラと輝く瞳で、ＶＩＰルームの中を見回した。

大きなＬ字型のソファーセットは十人は座れそうだが、グラスは横たわった瑞樹の前にいくつか置かれているだけだ。

「どうやら呼ばれたのは俺ひとりか」

そう言って、閑は瑞樹の頭の横に座って、ボトルをつかむと、使われていないグラスにワインを注ぐ。さらにグラスを回しながら空気に触れさせ、口に含んで肩をすくめた。

「まぁ、悪くないかもしれないけど、俺はビールのほうが好きだな～」

そしてテーブルの上にグラスを置き、長い足を組んだ。

「瑞樹、彼女となにかあった？」

「別に」

「そんなはずないな。寂しがり屋なお前に呼び出されたのが、俺ひとりだとしたら、それくらいしか思いつかない」

きっぱりと断言されて、瑞樹は浅くため息をついた。

「ったく……」

自分で呼び出しておいてなんだが、閑は勘が鋭すぎて嫌になる。

「そういうことだよ……」

ごまかしても仕方ないので、同意した。

瑞樹は、五カ月ほど前、閑に頼んで、契約結婚のための契約書を作らせた。

プリナップ――婚前契約を交わす、莫大な財産を持つセレブのための婚前契約書は作成したことはあるが、離婚前提の契約は初めてだったので、閑はずいぶん戸惑ったようだ。

だが半年にも満たないこの間で、瑞樹は本気で玲奈を好きになってしまった。あの手この手で、彼女に迫り、甘く誘惑し、手に入れたと思った瞬間から、溺愛する日々が始まったのだ。

「こんなこと、お前にしか言えないんだが……」

瑞樹はまた深く息を吐き、なんとか上半身を起こして、ソファーの背もたれに体を押し付け、天井を見上げる。

「――俺、嫌われたかもしれない」

「はい？」

隣で、閑がポカンと口と目を丸くしたが、天井を眺めている瑞樹は気がつかなかった。

これ以上の恥はないだろうと、思っている不安を正直に口にした。

「だからさ……俺、あいつが好きすぎて、時間が空いたら、ひと目でもいいから会いたいし、会ったら喜ぶ顔が見たいし、笑っていてほしいし、そのためだったらなんでもすると思ってるし、レタス畑だって買ってもいいと思っているんだが……」

「えっ、レタスがなに……？」

「だから、玲奈の大好きなレタス畑をだな」

「いやいや。ちょっとなに、瑞樹どうした？　とりあえず落ち着いてほしいんだけど……。とりあえずレタスはいいから。その様子からして、今日だな？　彼女との間に、なにがあった？」

初めて聞く瑞樹の支離滅裂な発言に、閑は激しく動揺しながらも、持ち前の明晰さで、瑞樹に問いかける。

「――ああ……今日さ、本当は会う日だったんだ。だけど断られて……なんか様子が変だなと思って駅で待ち伏せたら、『なんで放っておいてくれないのか、グイグイ来ないで、近づいてこないで、息苦しい』って泣かれて……」

思い出しただけで、胸が切り裂かれるような痛みが走る。とっさにワイシャツの胸のあたりを、つかんでいた。

「玲奈を、泣かせてしまった……それで驚いて……」

「気がついたら、ここでやけ酒ってことか」

「まぁ、そうとも言う……」

自宅マンションは、すでに玲奈の気配が多すぎて嫌だったのだ。つらくてつい逃げてしまった。

「なにがいけなかったのか、考えていたんだが」

瑞樹は一瞬、口ごもる。

自分はいつものように、振る舞ったつもりだった。玲奈の様子がおかしかったから、会って確かめようとしただけで、追い詰めるつもりはなかった。だが玲奈はそうは受け取らなかった。瑞樹がやってきたことによってストレスを感じ、押し込めていた感情を決壊させたように、泣いてしまったのだ。

「俺が行かなければ、たぶん玲奈は、あんな風に取り乱すことはなかったと思う」

おそらく自分の愛情が、押し付けがましく、重かったのだ。そうとしか考えられない。

人のいい玲奈は、一方的に寄せられる愛情に、耐えきれなくなったのかもしれない。

そう思うといてもたってもいられなくなって、ついひとりで酒をあおるような真似をしてしまった。

それを聞いて、閑はふむ、と考えるように自分の顎先をつかむ。

「聞いた限りでは、そのまま放っておくわけにはいかない問題のような……で、どうしたの？　連絡しても無視されてるとか」

「してない」

「どうして？」

「電話したら、別れようと言われる気がする」

自分で口にしておいて、瑞樹はうんざりしていた。

このご時世に男らしいとか、そうじゃないとか言うのもナンセンスだが、どう考えても、自分は臆病になっている。

愛する玲奈に別れ話を切り出されたら、冷静でいられる気がしない。

「生まれて三十年、こんな風に思ったことはない。お前たちなら、仮に行き違いがあったとしても、すぐに話せばいいと思うだろう。誤解があったのなら解けばいいし、見ている方向が違って生じたすれ違いだとしても、同じことだ。同じことなのに、なにかが壊れるような気がして、同じことができない」

「なるほど……重症だ」

閑が、呆れたようにつぶやく声が聞こえた。

「重症？」

「いや、こっちの話。っていうか、自分でもわかってると思うけど、それは会って話をしないと、どうにもならないいんじゃないの」

「…………」

「瑞樹」

閑は秀麗な眉をぎゅっと寄せ、バシッと瑞樹の肩のあたりをこぶしで殴っていた。

「そんなお前、中学生の初恋みたいな……！　いや、ある意味正しいのか……。まぁ、とにかく、少し時間を空けてでもいいから、ちゃんと話したほうがいいな。今、聞いただけでも、彼女、ナーバスになってるんじゃないの」

「ナーバス？」

「そう。始まりは契約結婚だったんだから、あり得るだろ。そもそも、ずっと仲よくしてるカップルだって、たまには喧嘩することもあるんだから。なにも特別なことじゃない。だからそうこの世の終わりみたいに落ち込むなよ」

「お前もそうなのか？」

「もちろんあるよ。喧嘩くらい」

なにを言っているんだと、閑が首をかしげる。

瑞樹にとって恋人らしい恋人は、玲奈が初めてだ。初めての大きな喧嘩に、これは別れの序章なのではないかと、恐ろしく感じていたのだった。

「そうか……お前みたいに口から生まれてきた男でも、言いくるめられない女がいるんだな」

少し気分が落ち着いた。ふっと肩から力が抜けて、閑もにやりと笑った。

「むしろ、俺が言いくるめられてる。ぽわーっとしているようで、しっかりしてるんだよな。でもそれがたまらなく気持ちがいい」

「変態か？」

閑の恋人に会ったことがないが、言いくるめられてニコニコしている閑を想像すると、なんだか背中のあたりがむず痒くなってくる。

「誰が変態だよ！　彼女にレタス畑買う瑞樹のほうが、ずっと変態だろ！」

「まだ買ってない」

「買おうと思ってる時点で変態だよ……気づいて！」

大げさに震える閑を見て、瑞樹はソファーの背もたれに押し付けていた体を起こし、笑った。

「明日から一週間、中国に出張なんだ。玲奈とは帰国してから話をするようにする」

「うん、それがいいよ」

閑は笑ってうなずくと、改めてワインのグラスを持ち上げる。

「今回の呼び出しは、事務所にビールケース送ってくれたら許そう」

「ダースで送ってやるよ」

瑞樹もグラスを持ち上げ、長年の友情に乾杯したのだった。

翌朝。玲奈は、あまり眠れないまま、朝を迎えてしまった。

昨日はたった一日で、いろんなことがありすぎた。

自分に自信がなくなっていたところで、瑞樹の元婚約者の登場。一方的に馬鹿にされた挙句、ひと言も言い返せないまま逃げ出し、心配して駆けつけてくれたはずの瑞樹に、そのモヤモヤを晴らすように、八つ当たりをしてしまったのだ。

百パーセント、自分が悪い。瑞樹はなにも悪くない。

「はぁ……」

自分でもうっとうしいことこの上ないが、玲奈の気分はずっと落ちたままだ。

だが、昨晩は母と話すことによって気分が落ち着いたし、謝ると決めている。

「うん……まず謝らなきゃ……よね」

メールではダメだ。どう受け取られるかわからない。ニュアンスが難しい。

最低限、電話だ。直接謝りたかった。

時計の針は、まだ九時前だ。飛行機は昼の便だと言っていたから、連絡は取れるはずだ。

枕元で充電していたスマホを手元に引き寄せて、メッセージが届いていることに気がついた。

「瑞樹さんっ！」

思わず目が丸くなる。同時に、心臓がバクバクし始めた。

(なんて書いてあるんだろう……)

もしかしたら、幻滅した、別れようというメッセージなのではないかとか、マイナスイな考えばかりが脳裏をよぎる。

「ふうーっ……」

ゆっくりと息を吐いて、それからえいやっと気合を入れて、メッセンジャーアプリの画面を開く。

【帰ってきたら大事な話がある。時間を作ってほしい】

深夜を超えて送られてきたメッセージはそれだけだった。

「——え?」

大事な話とはなんだろう。胸の真ん中あたりが、ぎゅっとつかまれたように苦しくなる。ドキン、ドキン、と心臓が跳ねて、一気に部屋の中の空気が薄くなったような気がしてきた。

(もしかして本当に……結婚を考え直したい……とか?)

布団の中でぼうっとしていると、いきなりドアがガチャリと開いて、

「んもうっ、れなっち、いつまで寝てるのっ!」

部屋の中に、姪っ子の日名子(ひなこ)が飛び込んできた。

日名子は小学三年生のお姉ちゃんで、姉に似てずいぶんしっかり者なのだ。

「いくらお休みだからって、いつまでも寝てちゃダメでしょ～！」

と、布団をつかんではがされる。

「ああぁっ、ヒナちゃんっ、寒いよ～！」

「はい、起きた起きた～！」

「ううう……」

ベッドから追い出された玲奈は、仕方なくパジャマの上にカーディガンを羽織って、背伸びをする。

「早く起きて、顔を洗って、朝ご飯食べなさいよ～」

「はーい……」

普段はかわいい姪っ子だが、怒り方が完全に姉のコピーだ。玲奈は渋々うなずいて、仕方なくスマホを手に階下に下りて顔を洗い、ダイニングルームへと顔を出す。

玲奈以外はすでに朝食を終えたらしい。ピンクのエプロン姿の日名子が、玲奈のために目玉焼きを焼いていた。それを横目で見ながら、パンケースから食パンを取り出して、トースターに放り込む。

コーヒーメーカーに残っていたコーヒーを、カップに注いでテーブルに座ると、と、日名子がベーコンエッグを置いてくれた。プチトマトとブロッコリーも添えられていて、見た目もきれいだ。

「はいどーぞ！」

「うわーっ、ヒナちゃん、すごくきれいにできてるね～！　美味しそう！」

「えへへ～今日は家族みんなの分、わたしが作ったんだぁ～！」

「えーっ、みんなの分も作ったの⁉」

「まあねっ！」

日名子はエッヘンと胸を張り、それから冷蔵庫からリンゴジュースを取り出して、テーブルの上のコップに注いで、玲奈の隣にサッと座った。

「れなっち、今日はみず吉に会わないの？」

「みず吉って……瑞樹さんのこと？」

玲奈はトーストしたパンにピーナッツバターをたっぷりと塗りながら、苦笑する。

日名子は親しくなるとすぐに、大人相手でも勝手なあだ名をつけるのだが、瑞樹は玲奈の知らない間に、みず吉と呼ばれていたらしい。

「瑞樹さんはね……今日から中国に出張なんだ」

「ふーん……遠いね」

「うん、そうだね」

「寂しいね」

「うん……寂しいね……」

日名子に神妙に言われて、玲奈も本気でうなずいてしまった。

だから昨晩は、瑞樹の部屋に泊まる予定だったのだが、予定外のことが起きて、こうなっている。

（昨日のこと、全部夢だったらいいのに……って、今さらだけど）

パンにかじりつき、コーヒーを飲む。

呆れられたかもしれないが、それでも謝らなければならない。このままでいいはずがない。とはいえ、瑞樹のほうから大事な話があると言われたら、身構えてしまう。

謝りたいという自分の気持ちばかり押し付けるのは、迷惑なのでは……と考えてしまう。

この場合、どう返事をしたら瑞樹を嫌な気持ちにさせないのか、悩み、迷いながらスマホを手に取り、じっと眺めていると、

「れなっち、お行儀が悪いよっ！」

日名子にスマホを取り上げられ、テーブルの端に置かれてしまった。

「ああっ……はい、ごめんなさい……」

お行儀が悪いのは事実なので、素直に食事を済ませることにしたのだが――。

「あっ……！」

日名子がお代わりをしようと、テーブルの上に置きっぱなしのリンゴジュースに手を伸ばした瞬間。触った場所が悪かったのか、紙パックがばたんと倒れる。そしてそのすぐそばに置いていたスマホの上に、ジュースが豪快に流れ出してしまった。

「ごめんっ、れなっち、ごめんっ……！」

慌てたように日名子がスマホを取り上げるが、時すでに遅し。液晶の中にジュースが入り込んだのか、画面がチカチカと、おかしな動作をし始める。

「だっ、大丈夫だよ、確かこういう時は、とりあえず電源を切るってテレビで見たから！」

玲奈も慌ててスマホの電源を落とし、タオルで拭いて、テーブルの上に置く。

騒いでいる声を聞きつけたらしく、菜摘がやってきて、「なにやってるの」と首をかしげた。

それを見て、ホッとしたのか、

「ままぁ～！」

日名子が泣きべそをかきながら、菜摘に抱きつく。

「れなっちのスマホ壊しちゃったぁ～！」

「あらあら。直りそう？」

菜摘が日名子の後頭部を撫でながら、スマホを見下ろす。

「どうだろ……前に、テレビで電源を落とせって見たからそうしてみたんだけど……」

「まぁ、確かに電源入れっぱなしで、ショートしちゃったら完全に壊れちゃうもんね」

「とりあえず少し置いといて、お昼に電源入れてみる。それでダメだったら、ショップに持っていくから、大丈夫だよ。データだってちゃんとバックアップ取ってるし」

そして玲奈は、大きな目を真っ赤にしている日名子に近づいて、ひざまずくと手をぎゅっと握った。

「泣かなくていいよ。ヒナちゃん。ヒナちゃんはなにも悪くないからね」

寝坊をした挙句、朝食の場でスマホを見ようとした自分が悪い。

玲奈はヒックヒックとしゃくりあげている日名子に、にっこりと微笑みかけた。

「ううっ、れなっちごめんねぇ～」

こんな小さな子でさえ、ちゃんと謝れるのだ。

ぎゅっとしがみついてくる日名子を受け止め、玲奈はうんうんとうなずきながら、背中をトントンと叩く。

（私も素直に、こうやって瑞樹さんに謝ればよかったんだ……）

そう思いながら――。


午後、おそるおそるスマホの電源を入れると、とりあえず画面はいつも通り復旧した。そこまで水分が、中に浸透していなかったのかもしれない。

とりあえず、問題なく使えそうなことを日名子に伝えると、「よかった～！」と胸を撫で下ろしていた。ただ、完全に瑞樹に連絡するタイミングを逃してしまった。

一応、【わかりました。昨日はごめんなさい】と返事はしたが、案の定、既読にはならなかった。

（確か、このメッセンジャーアプリ、海外とか、場所によっては使えないんだよね……）

だが、いずれ確認してくれるだろう。

玲奈はパチンと両手で頬を叩き、ぎゅっと目を閉じた。

心からもう一度

瑞樹の帰国するまでの一週間は、あっという間だった。玲奈はいつものように出勤し、その日を待った。北京（ぺきん）から東京まで、飛行機で三時間半だ。帰国してもすぐに会議があると聞いているが、おそらく夜には、連絡があるだろう。

一日の仕事を終え、ロッカーで着替えて従業員用通用門に向かうと、ガンちゃんさんとばったり出くわした。

「あら、今帰り？」

「はい。ガンちゃんさんも？」

尋ねながら、ふと玲奈はいつか彼女に渡そうとバッグに忍ばせていた、ミニギフトの存在を思い出した。玲奈も大好きなメーカーの、紅茶のティーバッグのセットだ。

「あの、これ。近いうちに会ったらお渡ししようと思ってたんです。入社時からお世話になりました」

入社して、五年。ガンちゃんさんは同期よりも親しく話すようになった相手だ。瑞樹との結婚がどうなるかはわからないが、仕事を辞めることは決まっているので、彼女にお礼は言っておきたいと思って用意していた。

「よかったらもらってください」

玲奈はペコッと頭を下げて、持っていたギフトを差し出す。

「ええーっ、なにそんな気を使って～！」

ガンちゃんさんは、少し涙目になりながら、それを受け取った。そして何度も「ありがとうね」と目を細める。

涙ぐむ彼女を見ていると、玲奈もグッと胸が詰まる。

「もうやだ、泣かないでよ～、今すぐ辞めるわけじゃないでしょ」

「そうなんですけど……」

彼女も少し時間があると言うので、連れ立って、百貨店の食品フロアの中にある、カフェへと向かった。店内はかなりザワザワしているので、話す内容に気を使うことはないだろうと思ったのだ。

「っていうか、仕事いつまでなの？」

「年内で出勤はほぼなくなって、あとは有休消化になります」

「そっかぁ……」

ガンちゃんさんは、眉をハの字にしながら、悲しげな表情になった。そしてしばらくして、紅茶のポットと一緒に運ばれてきた、砂時計を見つめながら口を開いた。

「こないだのことだけどね」

「こないだ?」

　いったいなんのことやらわからず、首をかしげると、彼女はきりっとした表情になって、玲奈を見つめた。

「ほら、なんだか悩んでるぽかったじゃない? なのにあたし、覚悟の上で結婚を決意したんでしょ、みたいな言い方しちゃったでしょ。あれ、後から考えて、よくなかったなぁ、って反省したのよ」

「そっ、そんなこと……ないですよっ」

　玲奈は慌てて首を振った。

　ガンちゃんさんは、なにひとつ間違ったことを言っていないはずだ。

　だが否定する玲奈を見て、彼女は「いいや、そうなんだって」と、ため息をつく。

「どれだけ決意を固めて結婚したって、こんなはずじゃなかったって、ダメになる夫婦はごまんといる。全然珍しくない、よくある話よ。それに、結婚という道を選ばなくても、どんな人にだって、人生で選択ミスをしたことがないなんて言い切れる人はいないだろうし、失敗したことがない人だって、いないよね」

紅茶の砂時計がさらさらと落ちていく。

「そもそも、失敗したらどうしようって、起こってもいないことを心配して胸を痛めるなんて、あんまり意味ないよって言いたかったんだよね。大事なのは起こってもいない未来じゃなくて、今、ここの、現実だからさ」

ガンちゃんさんは、完全に砂が落ちた時計を手のひらでもてあそびながら、にっこりと笑う。

「それでも不安になるなら、困った時にはちゃんと頼れる相手がいるんだってことを、自分の命綱としてしっかり心に握ってさえいれば、不安は減るんじゃないの？」

「命綱……」

ガンちゃんさんの言葉に、両親、祖母、姉夫婦の家族、学生時代の友人たち――そして今、一番会いたい、瑞樹の顔が次々と脳裏をよぎる。

家族が勝手にお見合いをセッティングしようとしていたのだって、いつまでもひとりだちしようとしない玲奈の将来を案じていたからだ。決して疎まれて、家から追い出されようとしたわけではない。

それに瑞樹だって、素直に抱えている不安を打ち明ければ、彼なりに、親身になって話を聞いてくれたはずだし、玲奈が安心できるように、解決策を一緒に考えてくれただろう。

そう、彼らのことをそういう人たちだと頭ではわかっていたはずなのに、なぜか悪い未来しか自分の目に映そうとしなかったのだ。

なぜ、彼らに見捨てられると思ったのだろう。

ありもしない不安にひとりで怯えて、それを大事な宝物のように抱え込んで。大好きな人を傷つけるなんて、本末転倒でしかない。

「そっか……そうですね」

玲奈は膝の上の手をぎゅっと握りしめる。

「ありがとうございました。なんだか私、目が覚めた気がします」

玲奈がぺこりと頭を下げると、彼女は「いやいや」と恥ずかしそうに首を振った。

「あたしだって、姑のこととか、娘のこととか、失敗したかもなーっていつも悩んでるのよ。それでもまぁ、周囲の助けで、なんとかなってる。誰だってそうだよ。若いだとか年をとってるだとか関係ないよ。人生は長いんだしね、だから、怖がることはないよって言いたかったのよね」

「はいっ！」

玲奈はしっかりとガンちゃんさんの言葉を、胸に刻もうとうなずく。そして、もう一度、「ありがとうございます」と頭を下げた。

瑞樹の前では、彼の望む自分でいたい。玲奈と一緒にいると癒されると言ってくれる彼に、望まれる自分でいたい。だが無理をして、虚勢を張り、瑞樹に迷惑をかけては意味がないのだ。

玲奈の心は、ようやく今までの元気を、取り戻そうとしていた。


それから小一時間ほど、ふたりで楽しくお茶をして、あーだこーだと涙が出るほど笑い合って、お開きとなった。地階から、地下街を歩いて駅へと向かっていたが、すれ違う人たちが、濡れた傘を持ってることに気がついた。

「ガンちゃんさん、傘、持ってます?」

「ああ～持ってないけど。藤白ちゃんは?」

「私、折り畳み持ってますけど、ロッカーに予備の傘ありますよ。雨、ひどいみたいだから貸しますね」

「えっ、でも……」

「駅から家まで、濡れるじゃないですか。タクシーも拾えるかわからないし。ここからなら五分で行って帰れますから遠慮しないでください」

駅から職場は直結だ。それほどの手間ではない。

「あらそう？　助かるわ」

「じゃあ行きましょう」

玲奈はガンちゃんさんと一緒に、いったん従業員通用門へと戻ることにした。

通用門は地上なので、ふたりで階段を上っていると、途中で、鞄の中のスマホが震えた。

「あ……」

もしかしてと、手に取ると、瑞樹からの着信だった。

パッと笑顔になる玲奈を見て、ガンちゃんさんが笑う。

「取りなさいよ」

「いいですか？　すみません」

玲奈はゆっくりと深呼吸してから、通話アイコンをタップした。

「もしもし」

《玲奈？》

その声を聞いた瞬間、目に涙がにじんだ。

（瑞樹さんだ……瑞樹さん……間違いない、瑞樹さんだ……！）

《今どこにいるんだ？》

「今はっ……南天百貨店の前です」

目の端に浮かぶ涙を指で拭って、答える。

《ちょうどよかった。俺は本社に戻って、さっき報告が終わったところ。同じ日本橋にいるなら、迎えに行く》

「えっ、迎えに来てくれるの？」

《当たり前だろ……なに言ってるんだよ、お前》

いったいなにを言い出すのかと、瑞樹がスマホの向こうで訝しがっている気配がする。

「なにって……」

心臓がドキドキしている。

この会話で、瑞樹は自分を嫌ったりしていないということがわかったが、それはそれ、これはこれだ。

玲奈はこの一週間、瑞樹に振られるのではないかと、本気で悩んでいたのだ。

「電話で振られるかもしれないって……思ったから」

ぼそぼそとつぶやくと、電話の向こうで、瑞樹がクスッと笑う気配がする。

《俺こそ、似たようなこと考えてた》

「えっ？」

《ちゃんと話そう。五分で行く。着いたらまた電話する。話したいことはたくさんあるんだ。雨に濡れないところで待ってろよ》

「うん……」

玲奈はドキドキしながら、スマホを切った。

「なんだか心配することなかったわね？」

「あっ……！」

電話の主が瑞樹だとバレバレだったらしい。玲奈は顔を赤くして、ぺこぺこと頭を下げた。

「すみません、私ったら、一瞬ガンちゃんさんのこと忘れてましたっ！」

「あはは……！」

それを聞いて、彼女は大きな声で笑う。

「いいってば、気にしないで～！　仲よきことは美しきかな、よ！」

（う～っ、恥ずかしい……っ！　ほんの数分のことなのに、私ったら舞い上がっちゃって！）

玲奈は頬をぺちぺちと叩いて、顔を引きしめて腕時計に目を落とす。

時間は午後の七時で、通用門がある裏口の辺りは真っ暗だった。閉店まであと一時間あるので、人通りもまばらだ。

「ここで待っていてくださいね。傘取ってきて、すぐ戻りますから」

「うん。ありがとう。でも急がなくてもいいわよ。転んだら大変だもの」

「そんな、転びませんって。濡れるから、下のほうにいてください」

玲奈は笑いながら、階段の一番上まで駆け上がると、バッグから折り畳み傘を取り出し、頭上に広げて走り出した。

「お疲れ様ですー！」

身分証を提示しながら保安室の前を通り、更衣室のある三階までエレベーターで上がる。置き傘をバッグに入れて、急いでまた階下に下りた。

出入り口まで来て驚いたが、ほんの数分で、土砂降りになっていた。前が見えないレベルだ。

「ひゃー……」

玲奈は自分の傘を開いて、地下へと続く階段に向かって駆け出したのだが、

「藤白さん！」

階段に近づく前に、玲奈の隣に、徐行した白いバンが停車する。

車の窓がサーッと下りて、中からどこか青ざめた様子の美人が顔を覗かせた。

「あっ……」

驚いて、一瞬息をのんだ。

車から顔を出したのは、豪華な毛皮姿の池松麻未だった。バンと毛皮が不似合いな気がしたが、そもそもここで会う時点で不自然極まりない。

（えっ、なんで池松さんが⁉）

玲奈はぎゅっと唇を噛みしめて、立ち止まった。

偶然なのだろうか？

そんなはずがないと、直感が働いた。

「私のこと、つけてたんですか？」

またろくでもないことを言われるのではないかと思いながらも、今日の玲奈は一週間前とは違う。

はっきりとした口調で問いかけると、

「反省したのよ」

と、麻未は微笑む。

「えっ？」

まるで答えになっていないが、雨の音が激しさを増し、麻未の言葉がよく聞き取れない。

「ごめんなさい、今、なんて……？」

眉をひそめながら、体を近づけると、目の前のドアがガチャリと開いた。

「だからね、馬鹿にでもわかるように、痛い目に遭わせないといけなかったんだって、反省したの」

赤いルージュがにやりと笑う。

あっと思った次の瞬間、背後から、背中がトンと押されていた。

「きゃっ」

持っていた傘が落ち、玲奈の悲鳴が雨音にかき消される。前のめりになった体が、そのままシートの上に投げ出された。

ハッとして振り返ろうとしたが、乗り込んできた大きな黒づくめの男に口元を押さえられる。

（えっ、嫌っ、なんなの⁉）

喉がひゅっと締まる。

ほんの数メートル先に、ガンちゃんさんがいるはずだ。

悲鳴をあげようとした瞬間、ガツンと、後頭部に衝撃が走った。

あっという間に玲奈の視界はブラックアウトし、黒一色に塗りつぶされてしまった。


「あたしに指図しないでっ！」

女性の金切り声が遠くから聞こえて、玲奈は唐突に、意識を取り戻した。

（今の声は……）

玲奈は床に丸まるようにして、意識を失っていたようだ。

（頭が割れそうに、痛い……）

痛みをこらえつつ目を開けようとしたが、開かない。

（えっ、どうしてっ⁉）

慌てたが、目と口を粘着質の布テープのようなもので覆われているらしく、声も出ない。

「男たちはビビッて帰ったわよ！　ふんっ、口で悪ぶってても、どいつもこいつも意気地なしなんだから！　いいからお酒持ってきて！　早くっ！」

――ガシャン！

ヒステリックな声と一緒に、陶器のようななにかが床に叩きつけられて、割れる音がした。

「――かしこまりました」

それに応える、冷静な男性の声。そしてドアが開いて、閉じる音。だが、また、ガシャン、ガシャンと、癇癪(かんしゃく)を起こしたような、破壊音が続く。

「なによっ！　あたしが悪いっていうの⁉　そんなわけないじゃないっ！」

（あれは、麻未さんの声だ……）

こんな状況だが、知っている声がしてホッとした。

そしてようやく、自分がなぜこんなことになっているのか、思い出した。

（私……麻未さんに無理やりここに連れてこられた……っていうか……拉致(らち)……された……？）

車に無理やり押し込まれたこと、殴られて意識を失ったことなどを思い出して、全身から血の気が引いた。

全身からアドレナリンが放出されているのか、心臓が激しく鼓動して、壊れそうになる。

（お、落ち着いて……落ち着いて……玲奈、大丈夫、落ち着いて……！）

叫びたくなったが声は出ない。そもそも、叫んだところで、状況が好転するとは思えない。ここで暴れて麻未に気づかれるよりも、もう少し状況を判断したほうがいい。

腕に力を込めると、腕は後ろ手に縛られており、びくともしない。おそらく手首も、粘着テープで拘束されているのだろう。

（私、どこにいるの……？）

ゆっくりと体を起こすと、肩のあたりが、ガツンと固いものにぶつかった。

（壁……？）

そっと足を身体の前に持ってくると、足も伸ばせない。どうやら自分が縦長の、狭い箱に閉じ込められていることに気がついた。

（もしかしてこのまま、海とかに沈められるとか、そういうんじゃないよね……あはは……）

なまじっか想像力が豊かなので、つい恐ろしい空想をしてしまった。

そして、笑おうとしたが、笑えない。

「ううっ……」

一気に恐怖の感情が足元から駆け上がってきて、全身を包む。

涙が出たが、テープに押さえられて、涙は目のあたりに溜まっていく。

「ううーっ……」

背中を丸めてうめき声をあげたが、やはりほとんど声にはならなかった。

苛立ちと不安から全身が震える。あれだけ冷静にしていようと思ったのに、思わず体を震わせ、足で壁をガンッと蹴っていた。

すると、その音を聞きつけたらしい誰かが、ドタドタと足音を響かせながら、近づいてくる。

ガチャリと扉が開く音がして、玲奈は新しい空気の流れを感じた。もしかして暴力にさらされるのではないかと、ぎゅっと体に力を込める。

「目が覚めたのね」

頭上から憮然とした響きの声がした。麻未だ。

(麻未さん!)

思わず身を乗り出した次の瞬間、玲奈はバランスを失って、そのままゴロンと転がり出ていた。うつ伏せに倒れて、頬にふわふわの感触が触れる。

(絨毯だ……!)

どこかのふ頭に連れてこられているわけではないと気がついて、ホッとしつつも、玲奈は這いつくばったまま、自分の前に立っているはずの麻未を探した。

「あははっ、ひどい恰好！」

笑い声からして、すぐ目の前にいるようだが、なにも見えない。

（なんだか様子が変……？）

ろれつが回っていない気がする。と同時に、強いアルコールの匂いもした。

麻未は泥酔しているのかもしれない。だとしたら、ここは下手に刺激しないほうがいいだろう。

どちらにしたって、今の自分は、目も口も封じられているのだ。

玲奈はごくりと息をのんで、見えないながらに後ろにずり下がり、膝を引き寄せた。

「――ふんっ……」

麻未は玲奈を見下ろしたまま、つま先で玲奈の体を小突くようにして蹴ってくる。

「こんなゴミみたいな女の……どこがいいんだか……瑞樹も、馬鹿になっちゃったんだわっ……あんなに……賢い男だと思ってたのにっ……こんな……女にっ……！」

ブツブツと瑞樹のことをつぶやいていた麻未だったが、無言を貫き通している玲奈の態度が気に入らなくなったのか、その場にしゃがみ込んで、

「なんとか言ったらどうなのっ！」

麻未の長い爪が頬をひっかいて、玲奈は悲鳴をのみ込んだ。

（痛いっ……！）

「ああ～もうっ！　爪が欠けちゃうじゃないの……！」

麻未は苛立ったように立ち上がると、いったんその場を離れて、また戻ってくる。

そしてまた玲奈の前にしゃがみ込み、今度は自信満々にささやいた。

「はーい、じょきじょきしましょうねぇ……」

次の瞬間、ジャキッと鈍い音がして。

口を覆っていたテープが縦に切られたようだ。

息を吸い込むことができたのだが——。

ジャキッ、ジャキッ……。ハサミの音は止まらない。

「そうだわ、これでよかったんだわ。こんなみっともない頭なら、結婚式なんかできないでしょうよ……！」

（えっ……？）

その言葉に玲奈は息をのんだが、すぐになにをされたかわかった。

急に明るい場所に出たような、強い眩暈がした。なにかの間違いではないかと思い、何度か瞬きをしたが、目に映ったものは現実だった。

目を覆っていたテープは確かに切られていた。だが、玲奈の自慢のさらさらで長い髪も一緒に、床に落ちていたのだ。

（嘘でしょ……）

玲奈が押し込められていたのはクローゼットで、ここはどこかの部屋だ。見覚えもないが、どうしていいかわからない。髪を切られたショックで、思考が完全に停止してしまった。

「私の……髪……」

長い間口をきいてなかったせいか、絞り出した声はかすれていた。

「あら、お似合いよ～。サルみたい。っ、あははっ！　ほんと、これじゃ結婚式どころじゃないわねぇ！」

顔を上げると、嬉しそうに笑う麻未がいた。

（結婚式……？）

今この瞬間まで、玲奈は完全に恐怖を覚えていたが、玲奈の髪を切って、結婚式を台無しにしてやったと笑う麻未の顔は本当に嬉しそうで——。

（負けたくない……！）

ふつふつと、腹の底から怒りがこみ上げてきた。

思えば最初から、玲奈は彼女に負けっぱなしだった。

　確かに美貌も知性も、教養も、実家の裕福さも、自分は彼女より下だろう。だから舐められているのもわかる。あまり信じたくないが、麻未にとっては、玲奈は人間ではないのだ。だからこんな真似をするのだ。

（だけど私だって、人だわ……心がある。意地がある。泣いて逃げるのは、もう終わりよ……！）

　玲奈はすうっと息を吸い、そして吐くと、キッと目の前の麻未を睨みつけた。

「私をこうやって脅して、瑞樹さんの気持ちが手に入ると思っているの？」

「なんですって？」

　玲奈の反撃の言葉を聞いて、それまで踊り出しそうなくらい喜んでいた麻未が、表情を凍らせた。

　玲奈は、震える足に力を込めて、立ち上がる。依然手は後ろで拘束されていたが、そんなことはどうでもよかった。ただ、一方的に見下ろされるのが嫌だった。

　玲奈は恐怖と怒りで涙目になりながらも、大きな目に力を込めて、精いっぱい、麻未を睨みつける。

「確かに私と瑞樹さんは、最初、お互いの利益が一致するから結婚しようって話になった。それはあなたの言う通りよ。でもね、あなたもそれは、同じはずだったはずよ」

「他人から決められた婚約者だったんでしょう？　同じだわ。だったら私を恨むのはお門違いよ！」

「なん、ですって……？」

そして玲奈は、ごくんと息をのむ。

「あなたは、私に瑞樹さんをとられたんじゃないの。あなたは自分で、瑞樹さんとの未来を捨てたのよ！　自分の失敗を、人のせいにしないでっ！」

「そんなことっ……そんなのっ！」

麻未が目を大きく見開いて、わななないた。

「私の髪を切って、結婚式がなくなったからって、なんになるの！　髪は時間が経てば、伸びるのよ。こんなことで私を傷つけられると思ったら、大間違いなんだからっ……！」

そう、玲奈が叫んだ瞬間。身をブルブル震わせながら、麻未が持っていたハサミを頭上に振り上げる。

「うるさいっ！　あんたなんかに、あんたなんかにーっ！」

玲奈は、自分に向けられた明確な悪意に、身をすくませる。

（刺される……！）

その次の瞬間、バァン！とドアが開く大きな音がした。

「玲奈！」

そしてひとりの男が、血相を変えて飛び込んできて、玲奈の前に立ちはだかった。

「あっ……瑞樹さんっ！」

それは、いったいどこから走ってきたのか、乱れたスーツ姿の瑞樹で。麻未の手首をつかみ、電光石火の速さで腕をひねり上げる。

「きゃあっ！」

麻未が耐え切れずハサミから手を離すと、床に落ちたそれを華麗に蹴り飛ばした。

「ナイス、瑞樹！　はい、交代！」

もうひとり、後から部屋に入ってきた男性が、床にひざまずく麻未を抱えて、瑞樹のもとから引きはがす。それからドカドカと、警察官が四、五人と、一緒にホテルマンらしい男性も入ってきた。

そこでようやく気がついた。ここはホテル・ラルジャンの一室で、そしてそのホテルマンは、カフェで玲奈と瑞樹を案内してくれた男性だ。

「お嬢様……私が警察を呼びました」

　男性の言葉に、麻未は叱られた子供のように、顔を歪ませる。

「なんでよっ、なんでそんなことするの！　あたしはっ、悪くないっ、悪くないんだからぁーっ！」

「いいえ、あなたは間違われたのです。決して、してはいけないことをしたのです」

　玲奈はその声の奥に、ホテルマンの、麻未に対する、他人事ではない気配を感じた。

（もしかして……さっき池松さんと話してた人……？）

「ううっ……うわぁぁぁっ……！」

　観念したのか、麻未は全身を震わせて泣き叫び始める。

「お嬢様……」

　彼らは、副支配人とホテルマンというよりも、もっと深い身内のような関係なのかもしれない。泣き叫ぶ麻未にそっと寄り添う彼を見て、そう思った。

「──玲奈」

　それから瑞樹が、肩で息をしながら肩越しに玲奈を振り返って、すぐに玲奈の手首のテープを、床に落ちたままのハサミを拾い、切る。

　額は汗でにじみ、髪が張りついていた。切れ長で、美しい瞳が、玲奈の顔や、髪、体の上をさまよっている。

るしく移り変わっていく。

のが伝わってくる。恐怖、後悔、怒り、そして安堵、悲しみ、いろんな感情が目まぐ

視線は玲奈から動かないが、ただ名前を呼ぶだけで、ひどくショックを受けている

「玲奈……」

玲奈は今まで、こんな瑞樹を見たことがなかった。

とっさに、ひりつく手首を撫でながら「大丈夫だよ」と、つぶやいていた。

安心させねばならないと、思ったのだ。

だが、次の瞬間、瑞樹の顔がくしゃりと泣き出しそうに歪んだ。

「馬鹿っ……！」

そして玲奈を強く引き寄せる。

バランスを失った玲奈は、瑞樹の胸の中に抱きしめられていた。

大きな手が玲奈の後頭部と、腰に回る。

「こんなっ……こんな目に遭わせた俺を、どうして責めないんだ！　クソッ！」

強く、強く――折れんばかりに玲奈の体を抱きしめる瑞樹は、そのまま崩れるよう

にひざまずく。

一緒に玲奈もその場にしゃがみ込んでいた。

重ねた体から、瑞樹の心臓の鼓動が伝わってくる。玲奈だって心臓が破裂しそうだった。

「瑞樹さん……」

なにも感じていないわけではない。怖かったし、泣きそうだったし、実際半分くらいは泣いていた。だが瑞樹のせいだとは思わなかった。

罪を犯したのは、麻未だ。瑞樹ではない。

「怖かったよ……」

ぽつりとつぶやくと、瑞樹の手に力がこもる。

「でも、助けに来てくれて、ありがとう……嬉しかったぁ……」

彼が飛び込んできた時、王子様が助けに来たと、本気で思ったのだ。

そう口にしてへらっと笑った瞬間、玲奈は全身から力が抜けていた。

張り詰めていた気が、緩んだのかもしれない。

「玲奈……？」

瑞樹が慌てたように玲奈の顔を覗き込んできたが、玲奈はそのまま意識を失っていた――。

翌日の昼。

ひと晩中、一睡もせずに、玲奈の目覚めをやきもきしながら待っていた瑞樹は、

「閑さんって……男の人だったんだ……」

病院の特別室のベッドで、玲奈が開口一番そう言い放ったのを聞いて、膝から崩れ落ちそうになった。

「あはは！　玲奈さん、おもしろい人だね。そうだよ、名前がシズカだから勘違いされがちなんだけど、男です」

瑞樹と一緒に病室で待っていた閑は、胸元から名刺を取り出して、玲奈の枕元に置く。

「いろいろ話したいことはあるけど、とりあえずまた今度にして。今回の件は俺が受け持つから。安心して。とりあえず玲奈さんは、体を休めること。いいね？」

「はい。わかりました……実はまだ、眠くて……」

玲奈はこくりとうなずいて、目を閉じる。しばらくして、すうすうと寝息が聞こえ始めた。

ふっくらとした頬は、昨晩よりずっと顔色がよくなった。それを確認して、閑は「じゃあ、俺、警察行ってくるから」と、瑞樹の肩に手をのせる。

「昨日から悪かったたな」

「気にするな。彼女のそばにいてやれよ」

「わかった」

瑞樹はうなずいて、閑を見送り、ベッドの横に置いた椅子に、また腰を下ろした。

玲奈の白い腕には、点滴が打たれている。軽い脱水症状になっていた玲奈は、閑の一番上の兄が経営する神尾病院に入院したのだ。

ここに運ばれてきた時は、玲奈の両親と姉夫婦もいたのだが、閑が事件の概要を説明して、警察との間に入ってくれた。

瑞樹も自分の言葉で説明し、謝罪せねばと思ったのだが、あまりのショックに思うような言葉が出てこず、ただひたすら『大事な娘さんを守れず、申し訳ありませんでした』と、深く頭を下げることしかできなかった。

南条家の人間は、幼い頃から誘拐対策も叩き込まれている。だが、玲奈は違う。婚約が決まってからでも、ボディーガードをつけるべきだったと、瑞樹はずっと自分を責め続けた。

だが、藤白一家は、玲奈同様、だれひとり瑞樹を非難しなかった。

その優しさがありがたくもあり、情けない。

「玲奈……」

そっと手を伸ばし、玲奈の白くて小さな手を握る。

「昨日は、心臓が止まるかと思った……。待ち合わせ場所に行ったら、玲奈と一緒にいたあの人が、俺を見つけて走ってきてな……。玲奈がたった今、白いバンに押し込まれたって……」

その時のことを、瑞樹は今となっては、あまり覚えていない。

瑞樹の親族には警察関係もたくさんいる。まず思いつく限りのツテに連絡した後、玲奈の友人だという彼女と話し、麻未のことに思い至ったのだ。

すぐに閑に連絡を取り、ホテルの入り口で合流したところで、慌ただしい様子で自分たちに駆け寄ってくるホテルマンに気がついた。そして『警察を呼んだ、すぐに来る』という彼の言葉から、すべてを理解したのだ。

そのまま、麻未がプライベートで使っている部屋に案内してもらい、玲奈を見つけて今に至るわけだが――。

時間にして、一時間。たった一時間。されど瑞樹にとっては、まさに地獄の一時間だった。

だが、自分の苦しみなど、どうでもいい。玲奈がとにかく心配だった。

「俺は、自分を許せそうにない……いくらお前が大丈夫だと言っても……自己嫌悪で死にそうになる……！」

閑も、『麻未がこんなことをしでかすなんて、誰にも予知できない。瑞樹が悪いわけじゃない』と言ったが、自分が過去、麻未に対して百パーセントの対応ができたかというと、そうではないと、今さらながら思う。

わざと女遊びをして婚約破棄をしたこともそうだし、再会して復縁を迫られた時も、軽くあしらってしまった。もっと彼女と正面から向き合っていれば、歪んだ女だから関わりたくないと、切り捨てなければ、今回のことはなかったかもしれないのだ。

「俺は大馬鹿者だ……」

小さい頃からなんでも器用にこなして、人並み以上、むしろいつもグループのトップに立ち続けてきた。人間関係含め、真剣にならずとも、なんでもうまくいった。そういう自分が気に入っていたし、玲奈という愛する人を得ても、なお、上っ面だけの、偽善的な部分や、刹那的な部分を直そうとは思わなかった。

玲奈の周りだけ、小さな愛しい世界だけ、自分ができる限りの優しさで、満たせばいいいと、思っていたのだった。

「結局、今回の件を招いたのは、俺の傲慢さが原因なんだ……」

どうやったら償えるのだろう。どうやったら玲奈に許してもらえるのだろう。

いや、もしかしたら許してもらえないかもしれない。

(玲奈が俺のそばから離れてしまう……！)

そのことを考えると、瑞樹は息をするのを忘れてしまうくらい、恐ろしくなる。

「頼む玲奈……俺から離れないでくれ……一生かけて、償うから……俺を、捨てないでくれ……っ」

自分が愛せば、愛してもらえると、どこかで思っていたのかもしれない。

だが本当は違うのだ。

愛して、愛されることは、奇跡なのだと、三十年生きてきて、瑞樹は初めて気がついた。

玲奈と一生を共に暮らしたい。そばにいたい。ずっとずっと、愛し続けたい。その笑顔を守りたい。そんな男でいたい。

瑞樹は玲奈の手を握ったまま、シーツの上に額を押し付ける。

玲奈を傷つける前の、ふたりで笑って過ごした日まで時間を巻き戻せるなら、悪魔に命を差し出してもいい、本気でそう思っていた。

すると、握っていた手がぎゅっと握り返されて。

「――馬鹿瑞樹……」

優しい声で、叱られた。

「は……？」

顔を上げると、涙目になった玲奈が、唇を尖らせて、瑞樹を見つめていた。

寝ていたはずなのに、起きている。

「なんでお前……起きて……？」

「仕返し」

「は？」

「瑞樹さんには、寝たふりされてばかりだったから、仕返し」

「な……」

瑞樹は開いた口が塞がらない。一方玲奈は、口ではふざけたことを言いながらも、じっと真面目な表情で、瑞樹を見つめる。

「――なんで捨てるとか、そういうこと言うの」

「なっ……なんでって……普通、そう思うだろうがっ！」

恥ずかしいやら情けないやらで、瑞樹の頬に熱が集まる。

「嫌われても当然だろう！」

照れ隠しもあって、少し乱暴に言い返してしまった。

「そんなわけないでしょっ！　どうしてわからないのっ！」

「はあ⁉」

すると、玲奈はガバッと起き上がって、涙目になり叫んだ。

「私はあなたが好きなの！　愛してるの！　確かに今回のことは、ショックだったけど……！　だからってこの先のことを、諦めたりしないで！　ふたりで乗り越えていけばいいじゃない！」

ふたりで乗り越える――。その言葉に、瑞樹は頭をハンマーで殴られたような衝撃を受ける。

玲奈はぽろぽろと、涙をこぼしながら、唇を引きしめるようにして噛む。

「えっと……馬鹿とか、怒鳴ってごめんなさい……私だって……失敗してばかりなのに」

その瞬間、瑞樹は唐突に、泣きたい気分になった。傷を負ったのは彼女なのに、目の前の自分を励ましてくれる、そんな玲奈の優しさに、胸が苦しくてたまらなくなった。

「玲奈……すまなかった」

ふぞろいなままの髪を指に絡ませ、瑞樹は謝罪の言葉を口にした。すると玲奈は、少し困ったように笑って、小さく首を振る。

「あなたは私に、許しを乞わなくてもいいの……。そんなことより、私には、他に欲しい言葉があるんだから。わからない？」

「他の言葉……？」

瑞樹は少し考えながら、まっすぐに自分を見つめてくる、玲奈を見つめた。

瑞樹は玲奈の髪が好きだった。さらさらで、しっとりしていて、指通りがよくて、ベッドの中でいつも、彼女の髪に触れていた。その髪が、無残にも切り落とされ、痛々しいことこの上ない。髪はプロに整えてもらえば、他人からは何事もなかったように見えるだろう。そして時間さえ経てば、また伸びる。

だが、玲奈の心の傷は当分癒えないだろう。

だから瑞樹は、そんな事態に追い込んだ自分を、ひたすら責めていたのだが……。

（ああ、そうか……）

彼女の言う通り、ここで口にするのは、謝罪ではなかったのかもしれない。

「お前には俺が、必要なんだな……この先も……そう思って、いいんだな？」

その瞬間、玲奈の大きな瞳が、希望に輝くのを、瑞樹は感じ取った。

のだ。
玲奈が聞きたいのは瑞樹の後悔の言葉ではない。今後どうなりたいか、未来の話な

「ええ、そうよ……ずっとそばにいてくれないと、困るんだからっ……弱気にならないでよ……。あの、すっごい偉そうで一方的で、超俺様だった瑞樹さんは、どこにいっちゃったのよっ……」

「む……」

苦い過去を指摘されて、瑞樹は動揺した。

「今さら言うけど……私、すっごいビックリしたんだからね！」

「ああ……その節は……悪かったな……」

「インパクトは大だったけど……ふふっ」

相変わらず、涙をこぼしながらも、瑞樹を笑わそうとそんなことを口にする玲奈に、瑞樹は顔を寄せる。

玲奈を、心から愛おしいと感じた。彼女は、本当に優しくて心が広く、強い女性なのだ。自分にはこの女性が、必要だ。決して、離れるわけにはいかない。

「俺たちは……始まりが契約結婚だったよな……。だから、いろんなことをすっとばしたような気もするし、これからも、いろいろあるかしれない。結婚したら、俺はま

すます忙しくなるし……玲奈を不安にさせることがあるかもしれない……」

瑞樹が抱えていた不安を口にすると、玲奈もそうだと言わんばかりに、こっくりとうなずいた。

「でも、俺だってそれでいいと思ってるわけじゃない。玲奈ひとりに我慢を強いるつもりはない。だけど……問題はふたりで話し合って乗り越えていけばいいのか……。ああ、玲奈の言う通りだな……本当に、そうだ」

瑞樹は唇で、その流れる涙を受け止める。

もう二度と、悲しい涙は流させない。そう心に誓いながら、口を開く。

「離婚前提の、あのふざけた契約結婚は破棄する。なぜなら俺は、お前が好きだし、お前も俺を好きだからだ。お前は死ぬまで俺のものだ。未来永劫（えいごう）、ずっと、俺のものだ。いいか、わかったか、異論は認めないからな、覚悟しろ」

「そうよ、それでこそ瑞樹さんよ……んっ」

玲奈の、笑いそうになる唇を塞ぐようにして、瑞樹は自らの唇を強く押し付ける。

不揃いな髪の中に指を入れて、貪（むさぼ）るようにして口づけた。

「んっ、んん～！」

「ダメだ、少し我慢しろ……」

「もうっ、いきなり……！」

玲奈が苦しそうに身悶えしたが、

「玲奈、愛してる」

と、ささやいて、また口づける。

そうやって何度も何度もキスを交わしていると、

「うん……私も……愛してる……」

強引な瑞樹の愛の告白に、玲奈がにっこりと微笑んで、背中に腕を回してきた。

そのぬくもりに瑞樹は泣きたいくらい、幸せな気分になる。

これから先、玲奈を心から愛し、尽くし、尊敬し、いつだって彼女が笑っていられるように努力しよう。そして自分と玲奈だけでなく、もっと他人に対しても、偽りの優しさを振りまくことも、無関心であることもやめよう。

それがきっと、巡り巡って、大事な人を守ってくれるはずだ。

そう思いながら、瑞樹は玲奈を、優しく抱きしめたのだった。

番外編

極上スイートな溺愛の始まり

「やっと、この日が来たのねぇ……」

両親と入れ違いにやってきた、パーティードレス姿の菜摘が、感慨深げに、ウェディングドレス姿の玲奈を見つめる。

「うん……そうだね」

玲奈もうなずきながら、窓の外に視線を向けた。

五月下旬の大安吉日。お天気に恵まれて、外は美しい青空が広がっていた。

当初、春を予定していた結婚式は、約一年、延期された。

そしていよいよ、南条本家で開催されるこのガーデンウェディングは、双方の家族と、親しい友人だけの、合計五十人程度のこぢんまりとしたパーティーだ。

窓越しではあるけれど、生い茂る緑の向こうには、集まった人たちが機嫌よさそうに、ウェルカムドリンク片手に、歓談している様子がちらほらと見える。

玲奈の姪っ子たちは、玲奈のベールガールを務めるのだが、テンションが上がっているのか、庭をキャーキャー言いながら走っている声が聞こえた。

「ったく、あの子たちったら……」

　菜摘は苦笑して、それから玲奈を見上げた。その目はすでにウルウルとにじんでいて、思わず笑ってしまった。

「また泣いてる」

「ううっ……だって……あたしの大好きな玲奈がっ……お嫁に……っ……でもすっごくきれいっ……ううっ……」

　菜摘は朝から、この調子なのだ。

「はいはい。メイク崩れちゃうわよ」

「そうねっ、それはまずいわ～。はーっ、じゃあ、あたし、行くね！」

　菜摘はにっこりと笑って、慌ただしく新婦の控室を出ていった。

「ふう……」

　玲奈は軽く息を吐き、大きな姿見の前で自分の姿を確認する。

　ドレスはフルオーダーで、たっぷりのレースとフリルをあしらった、かわいらしいデザインだった。一番熱心なのは瑞樹の母の藍子だったので、果たして似合っているのかと不安になったのだが、この姿を見て、飛び上がらんばかりに喜んでいた。

「でも、本当に素敵……」

玲奈はまじまじと、鏡の中の自分の姿を見つめていたのだが――。

「あっ」

鏡の中に、入り口にもたれるようにして立っている瑞樹を発見して、驚いて振り返った。

「瑞樹さん、なにしてるの？」

「なにって、見学」

瑞樹はそう言って、足早に近づいてくると、玲奈の手を両手で包み込むようにして、握りしめた。

「もうっ、本当は花婿さんは見ちゃダメなんだけど……」

「俺の花嫁なのに俺だけダメだなんて、おかしい。ズルい」

そう少し早口でささやくと、まぶしいものでも見るかのように目を細める。

「美しくも愛らしい……世界一の花嫁だ」

「褒めすぎです……」

「褒めすぎがあるか。本当のことだ。そして俺は世界一幸せな、花婿だな」

それからそっと、玲奈の肩のあたりまで伸びた髪に、指で触れる。この後、花冠をつける予定なので、シンプルにブローをしているだけだ。

「もうすっかり元通りになったみたい」

「ああ……そうだな」

玲奈の言葉に、瑞樹は感慨深げにうなずいた。

麻未のことは刑事事件に発展したこともあり、当初予定していた、会社関係の披露宴は中止することになった。

玲奈としては、南条家の御曹司である彼が披露宴をしないというのは、周囲に言い訳が立たないのではと思ったのだが、瑞樹が『玲奈を好奇の目に晒したくない。説得は俺がする』と、あちこちにきちんと説明して回ったらしい。

そして息子の考えに南条の両親も賛成してくれた。玲奈はその気持ちがなによりも嬉しかった。

「んー……」

瑞樹が顎に手を添え、思案顔で玲奈を見つめている。

「どうしたの？」

「したい」

「へっ？」

「キス。できたらそれ以上のこともしたい」

「――ダメッ！」

真面目な顔でいったいなにを言い出すのかと思ったら、とても不埒(ふらち)なことだった。

キスならまだしも、それ以上とは恐ろしい。

瑞樹とキスをすると、玲奈はとろけるような甘い気分になって、なにも考えられなくなってしまう。最初のキスを許したら、なにがどうなるか、わかったものではない。

「もうあと五分もしたら式が始まるんだから」

玲奈はきりっとした表情を浮かべて、瑞樹を見上げた。

「だよな……はぁ……」

ものすごく残念そうにため息をついた後、瑞樹は、玲奈の腰を両手でつかんで、引き寄せる。切れ長でくっきりとした瞳の奥が、熱っぽく輝いている。

「玲奈。ふたりだけの今、誓う。君を心から愛している。一生大事にする……。だが、俺も万能じゃない。俺が間違っていたら、言ってほしい。黙ってひとりで抱え込まないでほしい」

瑞樹の言葉は真摯で、玲奈のためを思っていることが、目から、言葉から、ヒシヒシと伝わってくる。その熱意が玲奈は嬉しかった。

「うん。私も……私たちは別々の人間で、性別も違うし、育った環境も違う。いくら話し合っても、百パーセントわかり合えるとは限らないかもしれないけれど……一緒にいられるための努力は、惜しまないから。どうぞよろしくお願いします」

「ああ。ありがとう」

瑞樹はそれから玲奈の手をまた包み込むようにして握りしめ、頬を傾ける。

「愛してるよ、玲奈……」

ほんの少しだけ、唇の表面が触れるだけのキス。だが全身を甘い陶酔が包み込み、玲奈は天にも昇るような気持ちになる。

顔が離れて、しばらく見つめ合っていたのだが。

「——あっ、キス！」

「バレたか」

瑞樹がおどけたように肩をすくめる。

こうなると、しないと言ったはずなのに、簡単に流されてしまっている自分が、猛烈に恥ずかしい。

「もうっ！」

「ごめんごめん」

「全然心がこもってない！」

「だって、妻にキスするのにダメって……意味がわからないだろ」

瑞樹は余裕のある態度で、ひとりでプンプンする玲奈の後ろに回り込み、抱きしめる。

「愛してるよ、玲奈……」

大きな手が玲奈のウエストの上で祈るようにして組まれる。

耳元で響く愛の言葉は、とても優しい。

瑞樹はこの一年で、玲奈にいつでもどこでも、甘い言葉を容赦なく吐くようになった。そして玲奈が世界で一番大事だと、態度で示す。

最初は恥ずかしくて、やめてほしいと思ったこともあるのだが、玲奈は、瑞樹の言葉に、池松麻未の登場によって生じたコンプレックスを、次第に感じなくなってきていることに気がついた。単純かもしれないが、繰り返し言葉にし、態度で『お前は俺の宝物だよ』と大事にされれば、自分は価値があるのだと思えるようになった。

（とはいえ、瑞樹さんは私のためというよりも、本気っぽいんだけど……）

「嬉しいけど少し言いすぎだよ……」

照れ隠しもあって、玲奈は唇を尖らせるが、

「いや、俺としては言い足りないし、今日に限っては、さらにいろいろ足りない」

瑞樹の唇は、玲奈の耳元に寄せられた。

「ところで、お願いがあるんだが」

「お願い？」

玲奈が不思議そうに肩越しに振り返ると、

「式が終わっても、ドレスはすぐに脱がないでほしい」

「えっ？」

「俺がベッドの上で脱がせるから」

「もうっ！」

玲奈の顔が真っ赤に染まった。

「やっぱり諦められないだろ。男のロマンだぞ」

「エッチ！　なんかいろいろ最低っ！」

「夫が妻を愛しすぎてなにが悪い」

瑞樹はあははと機嫌よく笑って、それから玲奈の左手を取って、指輪の上にキスをする。

「未来永劫の愛を誓う。俺は一生、死ぬまで、お前のものだ」

「なっ……うぅっ……」

怒ったり、照れたり、忙しいが、玲奈はやはり、夫となるこの男が、機嫌よく笑っている顔が、なによりも好きだった。

つい、言うことを聞いてあげたくなってしまう。

「――ドレス……汚さないでね……」

「善処する」

にっこりと笑う瑞樹に、玲奈はなんとも複雑な、ため息をついた。

もう何度も、溺れるくらい体を重ねているはずなのに、今晩の、新婚初夜は、眠れそうにない。

END

あとがき

こんにちは、あさぎ千夜春です。

皆様、この夏いかがお過ごしですか？

私は来月、作家友達とキャンプに行く予定なのですが、子供の頃は外に出るのが大嫌いな超インドア派だったのに、大人になってからよく出かけるようになりました。

きっと自分の意志できめられないことが嫌いで、外が嫌いだったわけではないのでしょうね。たいていのことを自分で決められるようになったら、日々を楽しめるようになった気がします。

子供の頃、ずっと陰鬱だった自分に、大人は楽しいよ！と言ってあげたいです。へへへ。

今回のお話は、書き下ろしだったのですが、いかがだったでしょうか。

私はちょっとくせのあるヒーローが好きなので、基本的にあまり正統派な男子は書かないのですが、瑞樹はわりと正統派だったと思います。（初っ端でビンタされてるけど）

子供っぽいところもあるけれど、嘘はつかないし、ある意味正々堂々としてるし、まったく自分を卑下していない、書きやすいタイプのヒーローでした。
ちなみに親友の神尾閑は、敏腕若手弁護士ですが、拙作の『イジワル社長は溺愛旦那様⁉』のヒーローである、神尾湊の弟になります。向こうでもちらっと出てきて、活躍しております。よかったらぜひ。（宣伝）
そして美味しい水ようかん、ご存じだったら教えてください。

あさぎ千夜春

あさぎ千夜春先生への
ファンレターのあて先

〒104-0031
東京都中央区京橋1-3-1
八重洲口大栄ビル7F
スターツ出版株式会社　書籍編集部　気付

あさぎ千夜春先生

本書へのご意見をお聞かせください

お買い上げいただき、ありがとうございます。
今後の編集の参考にさせていただきますので、
アンケートにお答えいただければ幸いです。

下記URLまたはQRコードから
アンケートページへお入りください。
http://www.berrys-cafe.jp/static/etc/bb

だったら俺にすれば？

～オレ様御曹司と契約結婚～

2018年8月10日　初版第1刷発行

著　者　あさぎ千夜春
©Chiyoharu Asagi 2018

発行人　松島 滋

デザイン　hive & co.,ltd.

校　正　株式会社　文字工房燦光

編集協力　妹尾 香雪

編　集　倉持 真理

発行所　スターツ出版株式会社
〒104-0031
東京都中央区京橋1-3-1　八重洲口大栄ビル7F
TEL　販売部　03-6202-0386（ご注文等に関するお問い合わせ）
URL　http://starts-pub.jp/

印刷所　大日本印刷株式会社

Printed in Japan

乱丁・落丁などの不良品はお取替えいたします。
上記販売部までお問い合わせください。
定価はカバーに記載されています。

ISBN 978-4-8137-0504-8　C0193

ベリーズ文庫 2018年9月発売予定

Now Printing

『熱愛前夜』 水守恵蓮（みずもりえれん）・著

綾乃は生まれた時から大企業のイケメン御曹司・優月と許嫁の関係だったが、ある出来事を機に婚約解消を申し入れる。すると、いつもクールな優月の態度が豹変。恋心もない名ばかりの許嫁だったはずなのに、「綾乃が本気で愛していいのは俺だけだ」と強い独占欲を露わに綾乃を奪い返すと宣言してきて…!?

ISBN 978-4-8137-0521-5／予価600円＋税

Now Printing

『君を愛で満たしたい～御曹司は溺愛を我慢できない!?～』 佐倉伊織（さくらいおり）・著

総合商社勤務の葉月は仕事に一途。商社の御曹司かつ直属の上司・一ノ瀬を尊敬している。2年の海外駐在から戻った彼は、再び葉月の前に現れ「上司としてずっと我慢してきた。男として、絶対に葉月を手に入れる」と告白される。その夜から熱烈なアプローチを受ける日々が始まり、葉月の心は翻弄されて…!?

ISBN 978-4-8137-0522-2／予価600円＋税

Now Printing

『エンゲージメント』 ひらび久美（くみ）・著

輸入販売会社OLの華奈はある日「結婚相手に向いてない」と彼に振られたバーで、居合わせたモテ部長・一之瀬の優しさにほだされ一夜を共にしてしまう。スマートな外見とは裏腹に「ずっと気になっていた。俺を頼って」という一之瀬のまっすぐな愛に、華奈は満たされていく。そして突然のプロポーズを受けて!?

ISBN 978-4-8137-0523-9／予価600円＋税

Now Printing

『好きな人はご近所上司』 円山（まるやま）ひより・著

銀行員の美羽は引越し先で、同じマンションに住む超美形な毒舌男と出会う。後日、上司として現れたのは、その無礼な男・瀬尾だった！　イヤな奴だと思っていたけど、食事に連れ出されたり、体調不良の時に世話を焼いてくれたりと、過保護なほどかまってくる彼に、美羽はドキドキが止まらなくて…!?

ISBN 978-4-8137-0524-6／予価600円＋税

Now Printing

『傲慢なシンデレラはガラスの靴を履かない』 佳月弥生（かげつやよい）・著

恋人の浮気を、見知らぬ男性・圭一に突然知らされた麻衣子。失恋の傷が癒えぬまま、ある日仕事で圭一と再会。彼は大企業の御曹司だった。「実は君にひと目惚れしてた」と告白され、その日から、高級レストランへのエスコート、服やアクセサリーのプレゼントなど、クールな彼の猛アプローチが始まり…!?

ISBN 978-4-8137-0525-3／予価600円＋税

タイトル、価格等は変更になることがございますのでご了承ください。

ベリーズ文庫 2018年9月発売予定

『しあわせ食堂の異世界ご飯』 ぷにちゃん・著

Now Printing

料理が得意な女の子がある日突然王女・アリアに転生!? 妃候補と言われ、入城するも冷酷な皇帝・リントに門前払いされてしまう。途方に暮れるアリアだが、ひょんなことからさびれた料理店「しあわせ食堂」のシェフとして働くことに!? アリアの作る料理は人々の心をつかみ店は大繁盛だが……!?

ISBN 978-4-8137-0528-4／予価600円＋税

『王太子殿下の華麗な誘惑と聖なるウエディングロード』 藍里(あいさと)まめ・著

Now Printing

公爵令嬢のオリビアは、王太子レオンの花嫁の座を射止めろという父の命で、王城で侍女勤めの日々。しかし、過去のトラウマから"やられる前にやる"を信条とするしたたかなオリビアは、真っ白な心を持つレオンが苦手だった。意地悪な王妃や王女を蹴散らしながら、花嫁候補から逃れようと画策するが…!?

ISBN 978-4-8137-0526-0／予価600円＋税

『けがれなき聖女はクールな皇帝陛下の愛に攫われる』 涙鳴(るいな)・著

Now Printing

神の島に住む聖女セレアは海岸で倒れていた男性を助ける。彼はレイヴンと名乗り、救ってくれたお礼に望みを叶えてやると言われる。窮屈な生活をしていたセレアは島から出たいと願い、レイヴンの国に連れて行ってもらうことに。実は彼は皇帝陛下で、おまけに「お前を妻に迎える」と宣言されて…!?

ISBN 978-4-8137-0527-7／予価600円＋税

『傲慢殿下と秘密の契約～貧乏姫は恋人役を演じています～』 雨宮(あまみや)れん・著

Now Printing

貧乏国の王女であるフィリーネに、大国の王子・アーベルの花嫁候補として城に滞在してほしいという招待状が届く。やむなく誘いを受けることにするフィリーネだが、アーベルから「俺のお気に入りになれ」と迫られ、恋人契約を結ぶことに!? 甘く翻弄され、気づけばフィリーネは本気の恋に落ちていて…!?

ISBN 978-4-8137-0529-1／予価600円＋税

タイトル、価格等は変更になることがございますのでご了承ください。

『愛され新婚ライフ～クールな彼は極あま旦那様～』

砂川雨路（すながわあめみち）・著

恋愛経験ゼロの雫は、エリート研究員の高晴とお見合いで契約結婚することに。新妻ライフが始まり、旦那様として完璧で優しい高晴に、雫は徐々に惹かれていく。ある日、他の男に言い寄られていたところを、普段は穏やかな高晴に、独占欲露わに力強く抱き寄せられて…!?

ISBN978-4-8137-0507-9／定価：本体640円＋税

ベリーズ文庫 2018年8月発売

書店店頭にご希望の本がない場合は、
書店にてご注文いただけます。

『ふつつかな嫁ですが、富豪社長に溺愛されています』

藍里（あいさと）まめ・著

OL・夕羽は、鬼社長と恐れられる三門からいきなり同居を迫られる。実は三門にとって夕羽は、初恋の相手で、その思いは今も変わらず続いていたのだ。夕羽の前では甘い素顔を見せ、家でも会社でも溺愛してくる三門。最初は戸惑うも、次第に彼に惹かれていき…!?

ISBN978-4-8137-0508-6／定価：本体630円＋税

『だったら俺にすれば？～オレ様御曹司と契約結婚～』

あさぎ千夜春（ちよはる）・著

恋愛未経験の玲奈は、親が勧める見合いを回避するため、苦手な合コンへ。すると勤務先のイケメン御曹司・瑞樹の修羅場を目撃してしまう。玲奈が恋人探し中だと知ると瑞樹は「だったら俺にすれば？」と突然キス！しかも、"1年限定の契約結婚"を提案してきて…!?

ISBN978-4-8137-0504-8／定価：本体640円＋税

『王太子様は、王宮薬師を独占中～この溺愛、媚薬のせいではありません！～』

坂野真夢（さかのまむ）・著

王都にある薬屋の看板娘・エマは、代々一族から受け継がれる魔力を持つ。薬にほんの少し魔法をかけると、その効果は抜群。すると、王宮からお呼びがかかり、城の一室で出張薬屋を開くことに！　そこへ騎士団員に変装したイケメン王太子がやってきてエマを気に入り…!?

ISBN978-4-8137-0509-3／定価：本体640円＋税

『クールな社長の耽溺ジェラシー』

春奈真実（はるなまみ）・著

恋愛に奥手な建設会社OLの小夏は、取引先のクールな社長・新野から突然「俺がお前の彼氏になろうか？」と誘われる。髪や肩に触れ、甘い言葉をかける新野。しかしある日「好きだ。小夏の一番になりたい」とまっすぐ告白され、小夏のドキドキは止まらなくて!?

ISBN978-4-8137-0505-5／定価：本体640円＋税

『男装したら数日でバレて、国王陛下に溺愛されています』

若菜（わかな）モモ・著

密かに男装し、若き国王クロードの侍従になった村娘ミシェル。バレないよう距離を置いて仕事に徹するつもりが、彼はなぜか毎朝彼女をベッドに引き込んだり、特別に食事を振る舞ったり、政務の合間に抱きしめたりと、過剰な寵愛ぶりでミシェルを翻弄して…!?

ISBN978-4-8137-0510-9／定価：本体650円＋税

『ホテル御曹司が甘くてイジワルです』

きたみ まゆ・著

小さなプラネタリウムで働く真央の元にある日、長身でスマートな男性・清瀬が訪れる。彼は高級ホテルグループの御曹司。真央は高級車でドライブデートに誘われたり、ホテルの執務室に呼ばれたり、大人の色気で迫られる。さらに夜のホテルで大胆な告白をされ!?

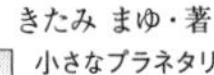

ISBN978-4-8137-0506-2／定価：本体650円＋税